10|18

12, avenue d'Italie — Paris XIIIᵉ

Sur l'auteur

Haruki Murakami est né à Kobe en 1949. Après avoir étudié la tragédie grecque, il ouvre un club de jazz à Tokyo avant de se consacrer à l'écriture. Pour échapper au conformisme de la société japonaise, il rêve d'Amérique, et devient le traducteur de Fitzgerald et Carver. Il rencontre le succès dès son premier roman paru au Japon en 1979, *Écoute le chant du vent*, pour lequel il reçoit le prix Gunzo. Après la publication de plusieurs ouvrages – *La Course au mouton sauvage, La Fin des temps, La Ballade de l'impossible, Danse, danse, danse,* ou encore *L'Éléphant s'évapore* (Éditions du Seuil) –, il s'expatrie en Grèce et en Italie, puis aux États-Unis. Il enseigne la littérature japonaise à Princeton et entame l'écriture d'*Au sud de la frontière, à l'ouest du soleil* (Éditions Belfond). En 1995, après le séisme de Kobe, il rentre au Japon et publie *Après le tremblement de terre*. Son dernier roman, *Sputnik Sweetheart,* paraîtra en France en 2003.

APRÈS
LE TREMBLEMENT
DE TERRE

PAR

HARUKI MURAKAMI

Traduit du japonais
par Corinne ATLAN

10|18

INÉDIT

« *Domaine étranger* »
dirigé par Jean-Claude Zylberstein

Titre original :
Kami no kodomotachi wa mina odoru

© Haruki Murakami, 2000.
© Éditions 10/18, Département d'Univers Poche, 2002,
pour la traduction française.
ISBN 2-264-03379-7

— Liza, qu'est-ce qui s'est passé hier ?
— Il s'est passé ce qui s'est passé.
— Ça, c'est terrible. C'est cruel !

(Dostoïevski, *Les Possédés*)

Les informations à la radio : On déplore de nombreux morts du côté américain mais du côté viêt-cong également, cent quinze combattants ont été abattus.

La femme : C'est terrible, l'anonymat.

L'homme : Qu'est-ce que tu dis ?

La femme : On n'apprend rien quand on nous dit que cent quinze guérilleros sont morts. On ne sait rien d'eux. Avaient-ils des femmes, des enfants ? Préféraient-ils le théâtre ou le cinéma ? On n'apprend rien du tout. La mort de cent quinze hommes au combat, c'est tout.

(Jean-Luc Godard, *Pierrot le Fou*)

Un ovni a atterri à Kushiro

Elle avait passé cinq journées entières devant le poste de télévision, contemplant en silence les paysages dévastés : autoroutes et voies de chemin de fer coupées, banques et hôpitaux en ruine, rues commerçantes ravagées par les incendies. Profondément enfoncée dans le canapé, lèvres serrées, elle ne réagissait pas quand Komura lui parlait, ne secouant même pas la tête pour acquiescer ou répondre non. Il ne savait pas si elle entendait sa voix ou non.

La femme de Komura était originaire de Yamagata, dans le Nord, et, pour autant qu'il sût, n'avait aucun parent ou ami dans la région de Kobe. Elle restait pourtant collée du matin au soir devant la télévision. Elle ne buvait pas, ne mangeait pas, en tout cas pas sous les yeux de son mari. Elle n'allait même pas aux toilettes. De temps en temps, elle prenait la télécommande pour changer de chaîne mais, en dehors de ça, n'esquissait pas un geste.

Le matin, Komura se préparait le café et faisait griller ses toasts tout seul, après quoi il partait travailler. Le soir, en rentrant, il retrouvait sa femme dans la même position, affalée devant la télévision. Résigné, il allait chercher dans le Frigidaire de quoi se préparer un repas simple, qu'il mangeait seul. Quand il allait se coucher, elle était toujours là, devant l'écran, à regarder les informations de la nuit, entourée d'un mur épais de silence. Komura avait fini par renoncer à lui adresser la parole.

Le cinquième jour – c'était un dimanche –, quand il rentra du travail, à la même heure que d'habitude, sa femme avait disparu.

Komura était vendeur dans une des plus anciennes boutiques spécialisées en matériel audio du quartier d'Akihabara à Tokyo. Il était chargé des marchandises haut de gamme et bénéficiait sur chaque vente de commissions qui s'ajoutaient à son salaire. Sa clientèle comptait de nombreux médecins, hommes d'affaires et riches provinciaux. Cela faisait près de huit ans qu'il travaillait dans cette boutique, et son salaire de départ n'était pas mauvais. A l'époque, l'économie était florissante, le prix des terrains ne cessait d'augmenter, l'argent coulait à flots dans l'ensemble du Japon. Les portefeuilles débordaient de liasses de billets de dix mille yen, que tout le monde semblait avoir envie de dépenser sans compter. Le commerce marchait bien, c'étaient les produits les plus onéreux qui se vendaient les premiers.

Komura, jeune célibataire grand et mince, élégant, au caractère affable, avait de nombreuses relations féminines. Mais son mariage, à l'âge de vingt-six ans, avait calmé son appétit de frissons sexuels à un point presque étrange. Au cours des cinq premières années de son mariage, il ne coucha avec aucune femme en dehors de la sienne. Non pas qu'il manquât d'occasions, mais il avait perdu tout intérêt pour les rencontres de passage. Il préférait rentrer chez lui le plus vite possible une fois le travail terminé, dîner tranquillement avec sa femme, s'asseoir à côté d'elle sur le canapé pour bavarder, et ensuite se mettre au lit et faire l'amour avec elle. C'était tout ce qu'il désirait.

Quand Komura annonça à ses amis et à ses collègues qu'il enterrerait sa vie de garçon, tous hochèrent unanimement la tête d'un air incrédule. Komura avait des traits réguliers et une certaine classe, tandis que sa femme était tout à fait quelconque. Non seulement elle avait un physique ordinaire, mais sa personnalité était dénuée du moindre charme. Elle parlait peu, avait un air perpétuellement bougon. Elle était petite, avec des bras épais, et paraissait on ne peut plus lourdaude.

Le principal intéressé, cependant, bien qu'il ne comprît pas lui-même précisément pourquoi, sentait ses tensions se relâcher et le calme l'envahir dès qu'il se retrouvait sous le même toit que sa femme. Pour la première fois de sa vie, il dormait enfin paisiblement. Son sommeil n'était plus, comme avant, troublé par des rêves étranges. Ses érections duraient longtemps, lui et sa femme avaient une vie sexuelle intense. La mort, les maladies sexuellement transmissibles et la taille de l'univers avaient cessé de l'inquiéter.

Sa femme, cependant, n'aimait pas la vie citadine étriquée qu'elle menait à Tokyo et rêvait de retourner dans sa province natale de Yamagata. Ses parents ainsi que les deux sœurs qu'elle avait laissées là-bas lui manquaient et, quand la nostalgie devenait trop forte, elle partait seule les voir. Sa famille, qui tenait une auberge à la japonaise, était prospère, et son père avait un faible pour elle, la dernière-née, aussi lui remboursait-il volontiers le trajet. Il était déjà arrivé plusieurs fois que Komura trouve en rentrant du travail une note posée sur la table de la cuisine, où sa femme expliquait qu'elle était partie passer quelque temps dans sa famille. Dans ces cas-là, Komura ne protestait pas. Il se contentait d'attendre en silence le retour de sa chère moitié. Et effectivement, au bout d'une semaine ou dix jours, elle revenait à la maison, de bien meilleure humeur qu'avant son départ.

Cette fois-là, cependant, cinq jours après le tremblement de terre, elle laissa une lettre qui disait en substance qu'elle n'avait pas l'intention de revenir. Elle expliquait aussi, en termes succincts mais précis, pourquoi elle ne voulait plus vivre avec Komura. « Le problème, avait-elle écrit, c'est que tu ne m'apportes rien. Pour dire les choses plus clairement encore, tu n'as rien à

9

donner. Tu es gentil et tendre, tu es beau, mais vivre avec toi, c'est comme vivre avec une bulle d'air. Bien sûr, tu n'es pas responsable de cette situation. Je suis certaine que tu trouveras facilement d'autres femmes qui tomberont amoureuses de toi. N'essaie pas de me téléphoner, et dispose comme tu voudras des affaires que j'ai laissées. »

En fait, elle avait emporté presque tout ce qui lui appartenait : ses vêtements, ses chaussures, son parapluie, sa tasse à café, son sèche-cheveux, il ne restait rien. Elle avait sans doute tout fait prendre par une entreprise d'enlèvement de bagages à domicile, une fois Komura parti au bureau. Tout ce qu'il restait de ses affaires, c'était la bicyclette qu'elle utilisait pour aller faire les courses, et quelques livres. Tous les disques des Beatles et de Bill Evans avaient disparu de leur étagère, mais ça, c'était une collection rassemblée par Komura alors qu'il était encore célibataire.

Le lendemain, il appela la famille de sa femme à Yamagata. Ce fut sa belle-mère qui décrocha ; elle lui expliqua que sa fille ne souhaitait pas lui parler. D'un ton apparemment désolé pour lui, elle ajouta que les documents nécessaires au divorce lui seraient envoyés par la poste plus tard, et lui demanda s'il pouvait y apposer son sceau et les renvoyer le plus vite possible.

— Même si elle les veut rapidement, demandez-lui de me laisser réfléchir un peu, il s'agit d'une décision importante.

— Vous aurez beau réfléchir, cela ne changera rien, répondit sa belle-mère.

Elle avait raison : il aurait beau s'interroger, il aurait beau attendre, rien ne redeviendrait jamais comme avant. Il en avait bien conscience.

Peu après avoir signé et renvoyé les formulaires de demande de divorce, Komura demanda à prendre sa semaine de congés payés. Son patron, qui avait eu vent de la situation, la lui accorda sans difficulté, d'autant que février était un mois creux pour son commerce. Il parut sur le point de lui dire quelque chose, mais finalement ne fit aucun commentaire.

— Komura, il paraît que tu prends des vacances ? Que vas-tu faire ? vint lui demander son collègue Sasaki lors de la pause déjeuner.

— Ma foi, je ne sais pas encore.

Sasaki avait trois ans de moins que Komura et était célibataire. Petit, les cheveux courts, il portait des lunettes rondes cerclées de métal.

Volubile, orgueilleux, il détestait un tas de gens, mais en revanche, s'entendait bien avec Komura, qui était de caractère plutôt pacifique.

— Puisque tu as des vacances, profites-en pour faire un voyage en prenant ton temps.

— Hmm, fit Komura.

Sasaki essuya ses verres de lunettes avec un mouchoir, puis regarda Komura d'un œil scrutateur.

— Dis-moi, Komura, es-tu déjà allé dans le Hokkaido ?

— Non, répondit Komura.

— Tu aurais envie d'y aller ?

— Pourquoi ?

Sasaki plissa les paupières, toussota.

— A vrai dire, j'ai un petit colis à livrer à Kushiro. Si jamais tu voulais bien t'en charger, je t'offrirais volontiers le billet d'avion aller-retour pour te remercier. Je prendrais aussi ton hébergement sur place à ma charge.

— Un petit colis ?

— De cette taille-là à peu près, dit Sasaki en dessinant en l'air, de ses doigts, un cube d'une dizaine de centimètres de côté. Ce n'est pas lourd.

— Ça a un rapport avec le travail ?

Sasaki secoua la tête.

— Rien à voir. Il s'agit d'une affaire cent pour cent personnelle. Je ne veux pas le faire acheminer par la poste ou par un transporteur privé parce que ça doit être manié avec précaution, et, si possible, je préfère le confier à quelqu'un que je connais. En fait, l'idéal serait que je l'apporte moi-même, mais je n'ai pas le temps d'aller jusqu'au Hokkaido.

— C'est important ?

Les lèvres serrées de Sasaki esquissèrent un léger rictus, il hocha la tête.

— Oui, mais ça ne se casse pas, et ce n'est pas risqué à transporter, il n'y a pas de quoi être nerveux. Il faut le traiter comme un paquet ordinaire, c'est tout. Il peut passer les contrôles aux rayons X des aéroports sans problème. Tu n'auras aucun souci. Si je ne veux pas l'envoyer par la poste, c'est surtout sentimental, tu sais.

On était en plein mois de février et il devait encore faire un froid glacial dans le Hokkaido, mais Komura se moquait pas mal du climat.

— Et à qui devrais-je remettre l'objet ?

— A ma sœur cadette, elle habite là-bas.

Komura n'avait absolument pas réfléchi à la façon d'occuper ses vacances, et, comme faire des plans si tard lui paraissait vraiment trop compliqué, il décida d'accepter la proposition de son collègue. Il n'avait aucune raison de ne pas vouloir aller dans le Hokkaido. Sasaki appela aussitôt la compagnie d'aviation pour réserver un billet à destination de Kushiro, sur le vol de l'après-midi du surlendemain.

Le jour suivant, au bureau, Sasaki remit à Komura une sorte de petite urne enveloppée de papier kraft. Au toucher, la boîte avait l'air en bois. Elle était très légère, ainsi que Sasaki le lui avait dit. Un large ruban de Scotch transparent était enroulé autour du papier d'emballage. Komura prit le paquet dans sa main, le regarda un moment, le secoua légèrement pour voir, mais il ne sentit rien, n'entendit rien bouger à l'intérieur.

— Ma sœur viendra te chercher à l'aéroport. Je lui ai demandé de te prévoir un hébergement, dit Sasaki. Tu sortiras de l'aéroport et l'attendras avec la boîte à la

12

main, bien en évidence. Ne t'inquiète pas, c'est un petit aéroport.

Avant de partir de chez lui, Komura enveloppa la boîte dans une chemise de rechange assez épaisse, qu'il plaça au milieu de son sac de voyage. Il y avait plus de monde qu'il n'aurait cru à l'aéroport. Il secoua la tête d'un air dubitatif : qu'allaient faire autant de gens à Kushiro en plein hiver ?

Comme d'habitude, les journaux ne parlaient que du tremblement de terre. Une fois installé à sa place dans l'avion, Komura parcourut de bout en bout l'édition du matin. Le nombre de victimes ne cessait d'augmenter. Il y avait beaucoup de quartiers sans eau ni électricité, les gens avaient perdu leurs maisons. On découvrait des tragédies les unes après les autres. Mais les détails restaient étrangement plats aux yeux de Komura et glissaient sur lui sans pénétrer en profondeur. Tout avait un écho lointain et monotone.

La seule chose à laquelle il pouvait penser un peu sérieusement, c'était sa femme en train de s'éloigner de lui.

Il parcourut machinalement les articles sur le tremblement de terre, en pensant de temps à autre à sa femme, puis relut plus attentivement les articles. Quand il fut fatigué et de penser à sa femme et de lire le journal, il ferma les yeux et sombra dans un bref sommeil. Il se réveilla, pensa à nouveau à sa femme. Pourquoi avait-elle suivi avec tant de gravité, du matin au soir, à en perdre le sommeil et l'appétit, les nouvelles du tremblement de terre à la télévision ? Que pouvait-elle bien contempler à travers ces images ?

Deux jeunes femmes vêtues des mêmes manteaux – coupes et couleurs identiques – interpellèrent Komura à l'arrivée. L'une mesurait environ un mètre soixante-dix et avait la peau très claire, des cheveux courts. La partie allant de son nez à sa lèvre supérieure était étrangement relevée, elle faisait penser à un petit animal ongulé à poil ras. Sa compagne mesurait environ un mètre cinquante-cinq et, mis à part son nez un peu trop petit, avait des traits plutôt plaisants. Entre les mèches de ses cheveux raides, longs jusqu'aux épaules, on apercevait ses oreilles et le grain de beauté qui ornait chaque lobe. Comme elle avait en outre les oreilles percées et portait des boucles, cela n'en attirait que davantage l'attention sur ses grains de beauté. Ces deux jeunes femmes semblaient l'une comme l'autre âgées d'environ vingt-cinq ans. Elles entraînèrent aussitôt Komura vers la cafétéria de l'aéroport.

— Je m'appelle Keiko Sasaki, dit la grande. Merci de tout ce que vous faites pour mon frère. Je vous présente Mlle Shimao, une amie.

— Enchanté, dit Komura.

— Bonjour, dit Mlle Shimao.

— Mon frère m'a dit que vous aviez perdu votre femme récemment, dit Keiko Sasaki avec componction.

— Non, elle n'est pas morte, corrigea Komura après un silence.

— Pourtant, c'est ce que mon frère m'a dit avant-hier au téléphone, je me rappelle bien, il a dit que vous veniez de perdre votre femme.

— Non, non, nous avons divorcé, c'est tout. Autant que je sache, elle est vivante et en bonne santé.

— C'est bizarre. Pourtant, je suis certaine d'avoir bien entendu.

Une expression fugitive de profonde déception traversa son visage, comme si le fait d'avoir appréhendé la réalité de travers lui infligeait une blessure personnelle. Komura mit un peu de sucre dans son café et tourna tranquillement sa cuillère. Puis il but une gorgée du breuvage, léger et sans goût. Un café plus symbolique que réel. Komura se demanda soudain, étonné, ce qu'il faisait là.

— Mais c'est sûr, j'ai dû mal comprendre ce qu'il disait, dit Keiko Sasaki, qui reprenait ses esprits.

Puis elle prit une profonde inspiration, se mordit légèrement les lèvres.

— Excusez-moi, je me suis montrée très impolie.

— Mais non, cela ne fait rien, ça revient au même pour moi, de toute façon.

Pendant cette conversation, Mlle Shimao, un vague sourire aux lèvres, n'avait pas quitté Komura des yeux. Apparemment, elle le trouvait à son goût. Komura s'en rendait compte à son expression et à ses gestes un peu affectés.

Un ange passa.

— En tout cas, dit enfin Komura, je vais commencer par vous remettre sans attendre le précieux objet.

Il ouvrit la fermeture Éclair de son sac, en sortit le paquet qu'il avait glissé au milieu d'une épaisse chemise de ski pliée en deux.

« En fait, se rappela-t-il soudain, je devais porter ce paquet à la main à l'arrivée. Cela devait nous servir de signe de reconnaissance. Comment ont-elles compris qui j'étais ? »

Keiko Sasaki tendit les deux mains et prit le paquet au-dessus de la table, le regarda un moment d'un air inexpressif. Puis elle le soupesa et, comme avait fait Komura en le recevant, l'approcha de son oreille et le secoua légèrement. Elle sourit à Komura pour lui indiquer qu'il n'y avait pas de problème, et fourra la boîte dans son grand sac à bandoulière.

— Pouvez-vous m'excuser un instant, il faut que je donne un coup de téléphone, dit-elle.

— Mais bien sûr, je vous en prie, répondit Komura.

Son sac à l'épaule, Keiko se dirigea vers une cabine située un peu plus loin. Komura la suivit un moment des yeux. Son buste restait droit et raide, tandis que la partie inférieure de son corps à partir des hanches était animée d'un large et souple mouvement de balancier. A cette vue, Komura se sentit envahi par une sensation étrange, comme si une scène du passé venait de faire brusquement irruption dans le présent.

15

— C'est votre première visite dans le Hokkaido ?
demanda Mlle Shimao.

Komura acquiesça d'un hochement de tête.

— C'est que c'est loin de Tokyo, hein ?

Komura hocha de nouveau la tête. Puis il fit le tour
de la salle des yeux.

— Pourtant, en même temps, je n'ai pas l'impression
d'avoir fait un si long chemin, c'est curieux.

— Ça, c'est à cause de l'avion, dit Mlle Shimao. Ça
va trop vite. Votre corps se déplace, mais votre esprit
ne peut pas suivre.

— Peut-être bien.

— Komura-san, vous aviez envie de faire un voyage
très loin ?

— Peut-être.

— Parce que votre femme n'est plus là ?

Komura hocha la tête.

— On peut aller aussi loin qu'on veut, on ne peut
pas se fuir soi-même, dit Mlle Shimao.

Komura, qui regardait le sucrier d'un air absent, leva
la tête et regarda la femme qui lui faisait face.

— C'est exactement ça. On est toujours avec soi-
même. C'est comme notre ombre.

— Vous aimiez beaucoup votre femme, n'est-ce
pas ?

Komura esquiva la question en en posant une autre :

— Vous êtes une amie de Mlle Sasaki ?

— Oui, nous sommes des camarades.

— Quel genre de camarades ?

— Vous avez faim ? demanda Mlle Shimao, répon-
dant à son tour par une question.

— Je ne suis pas très sûr. J'ai un peu faim et, en
même temps, pas vraiment.

— Allons manger quelque chose de chaud tous les
trois. Ça décontracte de manger chaud, vous savez.

Mlle Shimao prit le volant. La voiture était une petite
Subaru à quatre roues motrices. A en juger d'après son

état d'usure, elle avait déjà dû parcourir plus de deux cent mille kilomètres. Le pare-chocs arrière était enfoncé. Keiko Sasaki s'assit auprès de la conductrice, tandis que Komura prenait place sur l'étroite banquette arrière. Mlle Shimao n'était pas particulièrement mauvaise conductrice, mais à l'arrière cela faisait un bruit épouvantable, et les suspensions étaient quasi inexistantes. Le changement de vitesse automatique était assez brutal, le chauffage marchait quand il voulait. En fermant les yeux, Komura fut saisi par l'illusion d'être enfermé dans le tambour d'une machine à laver.

Il n'y avait pas de neige fraîche dans les rues de Kushiro. Seuls de vieux blocs durcis et sales étaient empilés des deux côtés des rues, tels des mots tombés en désuétude. Le plafond de nuages était bas, et bien qu'il restât encore un peu de temps avant le coucher du soleil, il faisait déjà très sombre. Des rafales de vent traversaient l'obscurité en sifflant. Il n'y avait guère de passants dans ce paysage désolé, où même les feux rouges paraissaient transformés en glaçons.

— Ici, il neige peu pour le Hokkaido, expliqua Keiko Sasaki en criant, tournée vers l'arrière. Comme on est sur la côte, il y a beaucoup de vent et, même quand il neige, ça ne tient pas, le vent emporte tout. En revanche, il fait un froid à fendre les oreilles.

— Quand des gens trop soûls pour rentrer chez eux s'endorment sur le trottoir, ils gèlent et meurent de froid pendant la nuit, renchérit Mlle Shimao.

— Il y a des ours dans la région ? s'enquit Komura.

Keiko jeta un coup d'œil vers son amie en riant sous cape.

— Tu entends ça ? fit-elle. Il demande s'il y a des ours !

Mlle Shimao émit elle aussi un petit gloussement.

— C'est que je ne sais pas grand-chose sur le Hokkaido, dit Komura en guise d'excuse.

— Tu connais une histoire intéressante à propos des ours, non ? demanda Keiko à son amie.

— Une histoire très intéressante.

Mais la conversation s'arrêta là, et Mlle Shimao ne parla pas davantage des ours. Komura n'osa pas insister. Ils arrivèrent bientôt au but, un grand restaurant de nouilles chinoises donnant sur une avenue. Mlle Shimao gara la voiture au parking, et ils entrèrent dans l'établissement. Komura but de la bière et mangea un bol de nouilles servies dans un bouillon brûlant. Le restaurant était sale et vide, les tables et les chaises toutes branlantes, mais les *ramen* étaient excellents, et, une fois le repas fini, Komura se sentit effectivement un peu apaisé.

— Qu'est-ce que vous avez envie de faire dans le Hokkaido, Komura-san ? demanda Keiko Sasaki. Mon frère m'a dit que vous comptiez rester une semaine.

Komura réfléchit un moment à ce qu'il avait envie de faire, mais rien ne lui vint à l'esprit.

— Que diriez-vous d'aller aux sources thermales vous reposer ? Près d'ici, il y a un petit établissement de bains dans le style rustique.

— Ce n'est pas une mauvaise idée, dit Komura.

— Je suis sûre que cela vous plairait. C'est un endroit très agréable, et il n'y a pas d'ours.

Les deux femmes se regardèrent et pouffèrent à nouveau de rire.

— Dites, Komura-san, je peux vous poser une question sur votre femme ? demanda Keiko.

— Si vous voulez.

— Quand est-elle partie ?

— Cinq jours après le tremblement de terre. Cela fait plus de deux semaines maintenant.

— Son départ a un rapport avec le tremblement de terre ?

Komura secoua la tête.

— Pas que je sache.

— Pourtant il y a peut-être un lien quelque part, dit Mlle Shimao en penchant légèrement la tête.

— Un lien qui vous échappe, renchérit Keiko.

18

— Ça arrive, vous savez, ajouta Mlle Shimao.

— Que voulez-vous dire ? fit Komura.

— Eh bien, par exemple, c'est arrivé à un de mes amis, commença Keiko.

— Tu veux parler de Saeki-san ? demanda Mlle Shimao.

— Exactement, dit Keiko. Saeki-san a environ quarante ans, il vit à Kushiro, il est coiffeur, et l'automne dernier sa femme a vu un ovni. Elle était seule dans sa voiture, une nuit, dans un coin à l'écart de la ville, et elle a vu une grande soucoupe volante se poser au milieu d'un champ. Pouf ! Comme ça. Comme dans *Rencontres du troisième type*. Une semaine plus tard, elle quittait son mari. Leur couple n'avait pas particulièrement de problèmes, mais le fait est qu'elle a disparu et n'est jamais revenue.

— Pouf ! Comme ça, répéta Mlle Shimao.

— Et la raison de son départ, ce serait cet ovni ? demanda Komura.

— Je ne sais pas si c'est ça la raison, mais un jour elle a amené ses deux enfants à l'école, et puis elle est partie, sans laisser un mot d'explication ni rien, dit Keiko. Et la semaine qui a précédé son départ, elle ne parlait que de cet ovni qu'elle avait vu à tous les gens qu'elle rencontrait. Elle en parlait sans arrêt. Comme il était immense, comme il était beau à voir, etc.

Les deux femmes attendirent que ce récit fasse son impression sur Komura.

— Dans mon cas, elle a laissé un mot d'explication, dit-il. Et nous n'avons pas d'enfants.

— C'est un peu mieux que pour Saeki-san, alors, dit Keiko.

— C'est important, les enfants, approuva Mlle Shimao en opinant du chef.

— Le père de Mlle Shimao est parti de la maison quand elle avait sept ans, expliqua Keiko en fronçant les sourcils. Il s'est enfui avec la sœur cadette de sa mère.

— Un beau jour, sans prévenir, ajouta Mlle Shimao en souriant.

Un ange passa.

— Peut-être que la femme de Saeki-san ne l'a pas quitté de son plein gré, mais a été enlevée par un extra-terrestre, dit Komura pour sauver les apparences.

— Ce n'est pas impossible, répondit Mlle Shimao avec le plus grand sérieux. On entend souvent parler de ce genre d'incidents.

— Ou alors, elle se promenait, et elle a été dévorée par un ours, dit Keiko.

Elles éclatèrent de rire.

En sortant du restaurant, ils se rendirent dans un *love hotel* situé dans le coin, un peu à l'écart du centre-ville, dans une rue où s'alignaient en alternance des marbre-ries spécialisées dans les stèles funéraires et des hôtels pour amours de passage. Mlle Shimao gara sa voiture dans le parking de l'un d'eux, un étrange bâtiment en forme de château occidental, au sommet duquel flottait un drapeau rouge triangulaire.

Le réceptionniste remit une clé à Keiko, et tous trois prirent l'ascenseur menant à la chambre. La fenêtre était minuscule mais le lit, en revanche, ridiculement immense. Komura enleva sa veste en duvet, la suspendit sur un cintre et alla aux toilettes, pendant que les deux femmes, avec une habileté quasi professionnelle, fai-saient couler un bain, réglaient l'éclairage, vérifiaient la climatisation, inspectaient le menu du room-service, essayaient le commutateur de la lampe de chevet, exa-minaient le contenu du Frigidaire.

— Le gérant de cet hôtel est un ami à moi, dit Keiko Sasaki. C'est pour ça qu'il vous a donné la plus grande chambre. Comme vous pouvez le constater, c'est un *love hotel* mais ne vous en faites pas pour ça. Ça ne vous dérange pas, au moins ?

— Pas le moins du monde, répondit Komura.

— Ça m'a paru plus judicieux de vous prendre une

chambre ici, plutôt que dans un de ces *business hotels* minables aux chambres exiguës qu'il y a près de la gare.

— Oui, vous avez sans doute raison.

— Le bain est prêt, si vous voulez vous donner la peine...

Komura entra dans la salle de bains et prit place dans la baignoire. Elle était si grande que, seul dedans, on se sentait un peu mal à l'aise. Les couples qui séjournaient dans cet hôtel devaient invariablement prendre leur bain ensemble.

Quand Komura ressortit de la salle de bains, Keiko Sasaki avait disparu. Il n'y avait plus que Mlle Shimao, qui buvait de la bière en regardant la télévision.

— Keiko a dû repartir, elle avait à faire, et vous prie de l'excuser. Elle a dit qu'elle passerait vous prendre demain matin. Cela ne vous dérange pas si je reste un peu, le temps de boire une bière ?

— Bien sûr que non.

— Vous avez peut-être envie d'être seul ? Ma présence vous empêche peut-être de vous relaxer ?

— Pas du tout, vous ne me dérangez pas, dit Komura.

Il se servit une bière et resta un moment à regarder la télévision à côté de Mlle Shimao, tout en s'essuyant les cheveux avec une serviette. Les informations ne parlaient que du tremblement de terre. Les mêmes images repassaient sans cesse : immeubles de guingois, rues éventrées, vieilles femmes en larmes, confusion et colère impuissante. Lors de la coupure publicitaire, Mlle Shimao prit la télécommande et éteignit le poste.

— Tant qu'à faire, puisque je suis là, parlons un peu au lieu de regarder la télévision.

— D'accord.

— De quoi voulez-vous parler ?

— Vous avez fait allusion à une histoire d'ours dans la voiture. Une histoire intéressante.

— Hmm, l'histoire de l'ours, dit Mlle Shimao en hochant la tête.

— Vous ne voulez pas me la raconter ?

— Si, si.

Elle prit une autre bière dans le Frigidaire, remplit à nouveau leurs deux verres.

— C'est une histoire un peu osée, ça ne vous dérange pas ?

Komura secoua la tête.

— Certains hommes n'aiment pas que les femmes racontent ce genre d'histoires.

— Moi, ça ne me gêne pas.

— Comme c'est une histoire qui m'est arrivée personnellement, j'ai un peu honte mais...

— J'aimerais bien que vous me la racontiez.

— Très bien, si vous êtes d'accord, alors...

— Non, vraiment, ça ne me dérange pas.

— Il y a trois ans environ, quand j'ai commencé l'université, j'avais un petit ami étudiant âgé d'un an de plus que moi, c'est avec lui que j'ai fait l'amour pour la première fois. Nous sommes partis faire une randonnée tous les deux pendant les vacances. Dans les montagnes du nord du Hokkaido.

Mlle Shimao but une gorgée de bière.

— C'était l'automne, c'est une période où il y a beaucoup d'ours dans les montagnes, parce qu'ils cherchent de la nourriture avant de commencer leur hibernation, donc c'est assez dangereux de se promener à cette époque-là de l'année. Il arrive que des gens se fassent attaquer. Trois jours plus tôt, un randonneur avait été grièvement blessé par un ours. Pour pallier ce danger, des gens de la région nous avaient donné à chacun une clochette, de la taille d'une clochette à vent, vous voyez. Si vous marchez en l'agitant, nous avaient-ils dit, l'ours comprend, au bruit, qu'il y a des humains dans les parages, et il reste caché. Ce n'est pas par plaisir que les ours attaquent les humains, vous savez. Les ours sont omnivores, mais à tendance plutôt végétarienne, ils n'ont pas besoin d'attaquer des humains pour se nourrir. Quand ils se trouvent nez à nez avec l'un d'eux sur leur territoire, ils sont soit étonnés soit en colère et, par réaction, ils attaquent. Mais si vous marchez en agitant une clochette et qu'ils vous entendent arriver, ils évitent la rencontre. Vous comprenez ?

— Très bien.

— Nous avancions donc sur ce sentier de montagne en agitant nos clochettes. Ding ding ding ! Les alentours étaient déserts, et tout d'un coup mon ami m'a proposé de... Enfin vous voyez. Moi, je n'avais rien contre, aussi nous nous sommes un peu écartés du sentier, et une fois dans un bosquet bien protégé, nous avons étendu une toile en vinyle par terre pour nous allonger dessus. Mais j'avais peur des ours. L'idée de mourir attaqué par un ours pendant qu'on fait l'amour, c'est intolérable, non ? Ça ne me disait rien de mourir comme ça. Vous ne trouvez pas ?

Komura acquiesça.

— Nous avons donc gardé nos clochettes à la main pendant l'action. Du début à la fin, nous n'avons pas cessé de les agiter. Ding ding ding !

— Vous les agitiez tous les deux ?

— Non, à tour de rôle. Quand l'un avait mal au poignet, l'autre prenait le relais et inversement. C'était vraiment bizarre, de faire ça en agitant une clochette. Même maintenant, de temps en temps, quand je fais l'amour, je me remets à penser à cette fois-là, et j'éclate de rire.

Komura eut un petit rire.

Mlle Shimao frappa plusieurs fois dans ses mains.

— Ah, c'est formidable ! Alors vous savez rire.

— Bien sûr, dit Komura. Mais, à la réflexion, cela fait longtemps que ça ne m'était pas arrivé. Quand était-ce donc, la dernière fois que j'ai ri ?...

— Dites, est-ce que je peux prendre un bain ?

— Je vous en prie.

Pendant que Mlle Shimao prenait son bain, Komura regarda un programme de divertissement. C'était des numéros de comiques mais Komura ne les trouvait pas drôles du tout. Il n'aurait su dire si c'était le programme ou lui-même qui était en cause, mais cela ne le faisait absolument pas rire. Il but de la bière, prit un sachet de cacahuètes dans le Frigidaire. Mlle Shimao resta long-temps dans la baignoire. Elle finit cependant par ressortir de la salle de bains, enveloppée d'une serviette, et s'assit sur le lit. Elle ôta la serviette et se glissa comme un chat sous la couette. Puis elle regarda Komura droit dans les yeux.

— Dites, Komura-san, c'est quand la dernière fois que vous avez batifolé avec votre femme ?

— Je crois que c'était fin décembre.

— Et depuis, plus rien ?

— Plus rien.

— Même avec quelqu'un d'autre ?

Komura ferma les yeux et secoua la tête.

— Ce que je crois, moi, c'est que vous avez besoin de vous changer les idées, et de profiter de la vie un peu plus franchement, dit Mlle Shimao. C'est vrai, non ? Il peut y avoir un tremblement de terre demain, vous pouvez être enlevé par un extraterrestre, dévoré par un ours. Personne ne sait ce qui peut arriver.

— Personne ne sait ce qui peut arriver, répéta Komura.

— Ding ding ding ! fit Mlle Shimao.

En dépit de tentatives répétées, Komura fut incapable de lui faire l'amour. Il finit par y renoncer. C'était la première fois que cela lui arrivait.

— Tu penses à ta femme, c'est ça ? demanda Mlle Shimao.

— Hmm, fit Komura.

Mais à vrai dire, c'était des visions du tremblement de terre qui traversaient son esprit. Des vues successives, comme une série de diapositives. Une autoroute, des flammes, de la fumée, un amas de briques, une route fissurée. Il ne parvenait pas à mettre un terme à cette succession d'images sans paroles.

Mlle Shimao posa son oreille contre la poitrine nue de Komura.

— Ça arrive, ce genre de choses, dit-elle.

— Hmm.

— Il ne faut pas t'inquiéter pour ça.

— Je vais essayer de ne pas m'en inquiéter.

— Mais bien sûr, pour un homme, c'est inquiétant, n'est-ce pas ?

Komura ne répondit pas.

Mlle Shimao lui pinça légèrement le bout des seins.

— Tu as dit que ta femme t'avait laissé un mot ?

— Oui.

— Qu'est-ce qu'elle t'avait écrit ?

— Que vivre avec moi, c'était comme vivre avec une bulle d'air.

— Une bulle d'air ? fit Mlle Shimao en levant la tête, le cou penché, pour le regarder. Qu'est-ce que ça veut dire ?

— Ça veut dire que je suis vide à l'intérieur.

— Tu es vide ?

— Oui, vide, creux, je n'ai pas de contenu. C'est peut-être vrai. Je ne sais pas très bien. Même si on me dit ça, je me demande ce que c'est, le « contenu » de quelqu'un.

— C'est vrai. Qu'est-ce que c'est, le « contenu » ? Ma mère adorait la peau de saumon, et elle disait souvent que ce serait bien qu'il existe des saumons qui n'aient que de la peau. Ce qui veut dire que, dans certains cas, il vaut mieux qu'il n'y ait pas de contenu et seulement un contenant.

Komura imagina à quoi pourrait ressembler un saumon uniquement composé de peau. Mais même en admettant que cela pût exister, cela ne voudrait-il pas dire que l'intérieur du saumon serait lui aussi composé de peau ? Komura poussa un profond soupir. La tête de la femme à côté de lui se souleva à nouveau, puis retomba sur l'oreiller.

— Écoute, moi, je ne sais pas si tu as quelque chose

à l'intérieur ou non, mais tu me plais bien. Je suis sûre qu'il y a plein de femmes au monde capables de te comprendre et de t'aimer.

— C'est ce qu'il y avait écrit.

— Sur le message de ta femme ?

— Oui.

— Pff, dit Mlle Shimao avec un air d'ennui profond.

Puis elle posa à nouveau son oreille contre la poitrine de Komura.

Il sentait ses boucles d'oreilles sur sa peau, comme deux mystérieux corps étrangers.

— A propos, cette boîte que j'ai apportée, dit Komura. Quel était son contenu ?

— Ça t'intrigue ?

— Jusqu'ici, ça ne m'a pas spécialement intrigué mais maintenant, oui, je ne sais pas pourquoi, ça me paraît curieux.

— Depuis quand ?

— Juste maintenant.

— Brusquement ?

— Oui, brusquement, je me suis mis à penser à cette boîte.

— Et pourquoi ça t'intrigue maintenant, brusquement ?

Komura réfléchit un moment en regardant le plafond.

— Je me demande...

Pendant un instant, tous deux tendirent l'oreille aux sifflements de la bise. Ce vent venait d'un lieu inconnu à Komura, repartait vers un lieu inconnu.

— C'est parce que dans cette boîte, dit Mlle Shimao d'une voix calme, il y avait ton contenu. Tu l'as apportée jusqu'ici sans le savoir, et tu l'as remise à Keiko Sasaki. Voilà pourquoi tu ne peux plus récupérer ton intérieur maintenant.

Komura se redressa sur le lit pour regarder la jeune femme. Son petit nez, ses grains de beauté sur les oreilles. Dans le silence profond, il entendait son propre cœur battre à grands coups secs. Il se pencha et sentit

26

ses os grincer. Durant un bref instant, il fut sur le point de basculer dans une violence écrasante.

— C'était une plaisanterie, fit Mlle Shimao après avoir vu l'expression de son visage. J'ai juste dit ce qui me passait par la tête. C'était une mauvaise plaisanterie, je regrette. Ne t'inquiète pas. Je n'avais pas l'intention de te blesser.

Komura reprit son calme, fit le tour de la pièce du regard, puis enfouit à nouveau son visage dans l'oreiller. Il ferma les yeux, soupira profondément. Le vaste lit s'étendait autour de lui, comme une mer nocturne. Il entendait le sifflement glacé de la bise. Les violents battements de son cœur faisaient trembler ses côtes.

— Dis-moi, tu as un peu plus l'impression d'être loin de chez toi, maintenant ?

— Oui, il me semble que je suis très, très loin, répondit Komura avec sincérité.

Mlle Shimao traça du bout des doigts des signes compliqués sur sa poitrine, comme une formule de conjuration.

— Et pourtant, le voyage ne fait que commencer, dit-elle.

Paysage avec fer

Le téléphone sonna peu avant minuit. Junko regardait la télévision. Keisuke, les écouteurs sur les oreilles, les yeux à demi fermés, jouait de la guitare électrique dans un coin de la pièce, en se balançant de droite à gauche. Apparemment, il s'entraînait sur un morceau rapide car ses longs doigts allaient et venaient rapidement sur les six cordes. Il n'entendit absolument pas le téléphone. Junko alla décrocher.

— Tu dormais ? demanda Miyake, parlant entre ses dents comme d'habitude.

— Non, pas encore, répondit Junko.

— Écoute, je suis sur la plage et il y a une sacrée quantité de bois flotté, on peut faire un grand feu. Tu ne viendrais pas me rejoindre ?

— D'accord. Le temps de me changer et j'arrive. Dans dix minutes, ça te va ?

Junko enfila des collants, un blue-jean, mit un pull à col roulé, fourra son paquet de cigarettes dans la poche de son manteau de laine, ainsi que son porte-monnaie, des allumettes et un porte-clés. Puis elle donna un léger coup de pied dans le dos de Keisuke, qui enleva ses écouteurs en hâte.

— Je vais à la plage faire un feu de camp et je reviens.

— Ah, c'est encore Miyake ? fit Keisuke en fronçant les sourcils. Il devient lourd, celui-là. On est en plein mois de février, et il est presque minuit. C'est pas le moment de faire un feu sur la plage.

— Tu n'es pas obligé de venir, je peux y aller toute seule.

Keisuke poussa un soupir.

— Mais non, je t'accompagne, je t'accompagne. Attends-moi le temps que je me prépare.

Il éteignit son ampli, enfila un pantalon par-dessus son pyjama, un pull, remonta jusqu'en haut la fermeture Éclair de sa veste en duvet. Junko enroula une écharpe autour de son cou, mit un bonnet de laine sur sa tête.

— Ah, on peut dire que vous aimez ça, hein, les feux de camp. Je ne vois pas ce que ça a de si amusant, dit Keisuke tandis qu'ils s'engageaient sur le chemin menant à la plage.

La nuit était glaciale mais il n'y avait pas un souffle de vent. Quand ils ouvraient la bouche, leur haleine froide dessinait des idéogrammes dans l'air glacé.

— Et Pearl Jam, c'est amusant peut-être ? rétorqua Junko. Ça fait du bruit, c'est tout.

— Pearl Jam a au moins dix millions de fans dans le monde.

— Peut-être, mais des fans de feux de camp, il en existait dans le monde entier il y a cinquante mille ans.

— Oui, on peut dire ça, concéda Keisuke.

— Pearl Jam disparaîtra, les feux de camp resteront.

— Ça aussi, on peut le dire, dit Keisuke en sortant une main de sa poche pour passer son bras autour des épaules de Junko. Mais le problème, tu vois, Junko, c'est que moi je me moque complètement de ce qui se passait il y a cinquante mille ans, ou de ce qui se passera dans cinquante mille ans. Mais alors complètement. L'important, c'est maintenant. *Maintenant*. Le monde peut s'arrêter n'importe quand, comment peut-on penser au futur ? L'important, c'est de manger à ma faim *maintenant*, et de bander *maintenant*, tu vois. Tu ne crois pas ?

Ils montèrent les marches menant à la digue et aperçurent la silhouette de Miyake, à l'endroit habituel. Il avait rassemblé les morceaux de bois flottant que la mer rejetait sur le rivage, et les empilait soigneusement. Il y avait parmi eux un gros tronc, cela avait dû lui coûter bien des efforts de le traîner jusque-là.

Un rayon de lune aiguisé comme un sabre éclairait la ligne du rivage. Les vagues d'hiver lavaient le sable presque sans un bruit. La plage était complètement déserte, en dehors de Miyake.

— Qu'est-ce que vous en pensez ? J'en ai ramassé un bon tas, hein ? dit-il en soufflant une haleine blanche.

— C'est super ! fit Junko.

— Ça arrive de temps en temps. L'autre fois, il y a eu toute une journée de tempête. Maintenant, je me rends compte tout de suite, aux mugissements de la mer, quand elle va ramener beaucoup de bois sur le rivage.

— Réchauffe-nous vite au lieu de te vanter. Par un froid pareil, mes précieuses couilles risquent de se ratatiner, dit Keisuke en se frottant les mains.

— Attends un peu. C'est important de faire les choses dans l'ordre. Un feu de camp, ça se planifie soigneusement. Quand on s'est assuré que ça va marcher sans problème, alors on peut allumer, mais doucement. Il ne faut pas se presser, sinon ça rate. « Le mendiant trop pressé gagne peu d'argent. »

— « La pute pressée ne gagne pas de clients », dit Keisuke.

— Tu es encore jeune pour faire ce genre de blagues stupides tout le temps, dit Miyake en secouant la tête.

Il avait habilement empilé les gros rondins en les entrelaçant de petits bouts de bois, si bien que le tas ressemblait à un objet d'art d'avant-garde. Il recula de quelques pas pour examiner les détails de sa construction, prit tout son temps pour ajuster quelques éléments, fit le tour afin d'observer l'ensemble sous un autre angle, répéta le même processus plusieurs fois. Comme d'habitude, il lui suffisait de regarder comment le bois était disposé pour que se présentent aussitôt à son esprit des images des mouvements les plus subtils que feraient les flammes, exactement comme un sculpteur peut déjà imaginer la forme de sa future création dans un bloc de pierre encore brut.

Quand il eut achevé ses préparatifs en prenant tout son temps pour obtenir un résultat parfait, Miyake hocha la tête en murmurant pour lui-même : « Bien, bien. » Puis, à l'aide d'un briquet en plastique, il mit le feu aux feuilles de journal roulées en boule qu'il avait glissées tout en bas de la pile. Junko sortit son paquet de cigarettes de sa poche, en mit une entre ses lèvres, frotta une allumette. Puis, plissant les paupières, elle regarda le dos rond de Miyake, sa nuque qui commençait à se dégarnir. C'était le moment où elle retenait le plus son souffle. Le feu allait-il prendre ? Allait-il bien flamber, avec de belles flammes hautes ?

Tous trois contemplaient en silence la montagne de bois. Le papier journal flamba haut et fort, et, après avoir tremblé un instant dans les flammes, se recroquevilla et s'éteignit. Pendant un moment, il ne se passa plus rien. « Ça ne va pas marcher cette fois, songea Junko. Le bois doit être plus humide qu'il n'en a l'air. »

Au moment où ils allaient se résigner, une ligne de fumée blanche s'éleva lentement dans l'air. Comme il n'y avait pas de vent, elle se dressait tout droit comme une corde vers le ciel. Le feu avait dû prendre quelque part. Mais on ne voyait pas encore de flammes.

Personne ne disait rien. Même Keisuke, les deux poings enfoncés dans les poches, avait perdu l'usage de sa langue, pour une fois. Miyake s'était accroupi dans le sable ; Junko, debout, les bras croisés contre sa poitrine, tirait de temps en temps une bouffée de sa cigarette, semblant se rappeler qu'elle en tenait une à la main.

Comme d'habitude, elle pensa aux *Feux* de Jack London. C'était l'histoire d'un voyageur solitaire qui essaie d'allumer un feu dans la neige au fin fond de l'Alaska. Il est condamné à mourir de froid s'il n'y arrive pas. Le soleil va se coucher. Junko n'avait presque jamais lu de romans. Mais pendant les vacances d'été de sa première année de lycée, elle avait lu et relu cette nouvelle de Jack London, qu'on lui avait donnée à lire et sur laquelle elle devait faire une rédaction. Les scènes du récit s'élevaient naturellement, très vivantes, dans son esprit. Elle ressentait nettement, comme si c'était les siens, les battements du cœur de l'homme au bord de la mort, son angoisse, ses espoirs et son désespoir. Mais le point essentiel de cette nouvelle, c'était que, fondamentalement, le héros appelait la mort de ses vœux. Junko le savait. Elle aurait été incapable d'expliquer pourquoi, mais, dès le début du récit, elle l'avait compris. Ce voyageur *voulait* mourir depuis le début. Il *savait* que c'était la conclusion qui s'imposait, celle qui lui convenait le mieux. Pourtant, il fallait qu'il lutte de toutes ses forces pour survivre, qu'il se batte contre cet ennemi à la supériorité écrasante qu'était la mort. Ce qui avait touché profondément Junko dans cette nouvelle, c'était cette contradiction, qui apparaissait vers le milieu du récit.

Son professeur avait rejeté son interprétation d'un rire dédaigneux. « En réalité, le héros veut mourir, selon vous ? avait-il dit d'un ton stupéfait. C'est la première fois que j'entends formuler une idée aussi étrange. Il me semble que vous avez une lecture très personnelle de ce récit. » Il avait lu une partie de la rédaction devant la classe, et tous les camarades de Junko avaient ri.

Pourtant, Junko *savait*. C'était les autres qui se trompaient. Sinon, comment la fin de cette histoire aurait-elle pu être si belle, si sereine ?

— Le feu s'est déjà éteint, non, Miyake ? demanda Keisuke d'un ton intimidé.

— Non, ça va, il a pris, ne t'inquiète pas. Il se prépare seulement à flamber maintenant. Regarde, la fumée continue à s'élever. On dit bien qu'il n'y a pas de fumée sans feu, non ?

— On dit aussi qu'il n'y a pas d'érection sans irrigation sanguine.

— Dis donc, tu ne serais pas un peu obsédé, par hasard ? dit Miyake avec une expression de stupeur.

— Mais comment peux-tu être si sûr qu'il ne va pas s'éteindre ?

— Je le sais. Tu vas voir, ça va se mettre à flamber d'un coup.

— Où as-tu acquis toutes ces connaissances, Miyake ?

— On ne peut pas vraiment appeler ça des connaissances, mais, en gros, ce sont des choses que j'ai apprises enfant, chez les boy-scouts. Quand on est scout, même si on n'aime pas ça, on finit forcément par s'y connaître en feux de camp.

— Ah. Chez les boy-scouts, hein ? fit Keisuke.

— Oui. Enfin, bien sûr, ce n'est pas tout, il faut aussi une sorte de don. Je ne devrais pas dire ça moi-même, mais il faut reconnaître que j'ai un talent particulier, que les gens ne possèdent pas d'ordinaire, pour allumer les feux de camp.

— Ça doit être amusant, mais ce n'est pas le genre de talent qui doit rapporter beaucoup d'argent.

— Ça, c'est sûr, admit Miyake en riant.

Comme il l'avait prédit, de petites flammes ne tardèrent pas à s'élever sous le bois, qu'on entendait craquer légèrement. Junko poussa un soupir de soulagement. « Maintenant il n'y a plus d'inquiétude à avoir. Ça va bien flamber. » Tous trois se tournèrent vers les flammes à peine naissantes et tendirent lentement leurs mains vers elles. « Il n'y a rien à faire pour l'instant, songea Junko, juste regarder tranquillement les flammes augmenter d'intensité. » Les gens qui vivaient il y a cinquante mille ans devaient tendre leurs mains vers le feu avec ce même genre de sentiment.

— Miyake, tu m'as bien dit un jour que tu étais originaire de la région de Kobe ? demanda Keisuke de sa voix claire, comme sur une réminiscence soudaine.

Toute ta famille est saine et sauve, après le tremblement de terre de l'autre jour ?

— Ma foi, je n'en sais rien. Je n'ai plus aucun lien avec eux. C'est du passé, tout ça.

— Tu as beau dire, tu as gardé l'accent du Kansai[1].

— Ah bon ? Je parle avec un accent ? Je ne m'en rendais pas compte.

— Si c'est pôs l'accent de Kobe, ben, c'est l'accent d'où, alôrs ? fit Keisuke, imitant les intonations provinciales de Miyake. Cesse donc de dire n'impôrte quouè !

— Ne parle pas avec cet accent épouvantable, s'il te plaît. Je n'ai aucune envie qu'un bouseux comme toi essaie d'imiter mon accent du Kansai, surtout aussi mal. Continue plutôt à faire des virées en moto dans la campagne avec tes copains les garçons de ferme pour occuper la morte-saison.

— C'est terrible, Miyake, dit Keisuke, tu as l'air tout doux comme ça mais tu dis des choses vraiment horribles. Moi, je m'en vais si tu continues à lancer des piques aux purs habitants du nord du Kanto comme moi dès qu'ils te font la moindre réflexion. Non mais, sérieusement, ta famille va bien ? Il doit bien rester des gens que tu connais à Kobe. Tu suis les infos à la télé ?

— Changeons de sujet, dit Miyake. Si on buvait un peu de whisky ?

— Je veux bien.

— Et toi, Jun-chan[2] ?

— Un tout petit peu, pour moi.

Miyake sortit de la poche de sa veste en cuir une flasque métallique, et la tendit à Keisuke, qui dévissa le bouchon, but une gorgée à la régalade, l'avala en déglutissant, puis aspira bruyamment une bouffée d'air froid.

— Hmm, c'est bon ! dit-il. Ça, c'est du produit d'ex-

---

1. Région de Kyoto-Osaka-Kobe, par opposition au Kanto, région de Tokyo. (*N.d.T.*)

2. Chan : diminutif affectueux réservé aux enfants ou aux amis proches. (*N.d.T.*)

ception. Au moins du *single malt* du vingt et unième siècle, sans doute possible. Vieilli en fût de chêne. On entend les cris des oiseaux de mer d'Écosse, et les soupirs des anges.

— Idiot, arrête un peu de dire des sottises. C'est du Suntory tout ce qu'il y a de plus ordinaire, le whisky le moins cher sur le marché.

Junko prit le flacon que lui tendait Keisuke, versa un peu de whisky dans le bouchon et le lapa lentement. Le visage grave, elle suivit la sensation particulière que lui procurait le parcours du liquide tiède de son œsophage à son estomac. Ensuite, ce fut au tour de Miyake de boire lentement une gorgée, après quoi Keisuke en avala une large rasade. Pendant que la flasque passait de main en main, les flammes s'élevaient de plus en plus haut, s'affirmaient de plus en plus, mais sans aucune hâte. Elles prenaient tout leur temps. C'était ce qu'il y avait de parfait dans les feux de camp préparés par Miyake. Les flammes s'étendaient toujours avec souplesse, avec douceur. Elles n'étaient ni violentes, ni pressées, elles ressemblaient à des caresses expertes. Elles n'étaient là que pour réchauffer le cœur des hommes.

Junko gardait toujours le silence devant un feu de camp. Elle ne faisait pas un geste, changeait à peine parfois de position. Les flammes avaient l'air d'accepter, d'avaler en silence, de comprendre et aussi de pardonner tout ce qui se trouvait autour d'elles. Ce devait être ça, une vraie famille, se disait Junko.

Elle était arrivée en mai de sa troisième année de lycée dans cette ville de la préfecture d'Ibaraki. Munie du sceau de son père et de son carnet de caisse d'épargne, elle avait été retirer trois cent mille yen sur son compte, puis avait fourré dans un sac de voyage autant de vêtements qu'il pouvait en contenir, avant de partir de chez elle. Elle avait changé plusieurs fois de trains au hasard depuis Tokorozawa, jusqu'à ce qu'elle débarque dans cette petite ville de bord de mer de la préfecture d'Ibaraki. Une ville dont elle n'avait jamais entendu prononcer le nom auparavant. Elle avait tout de suite cherché un appartement dans une agence immobilière située devant la gare et, la semaine suivante, avait trouvé du travail dans un supermarché face à la route nationale qui longeait le rivage. Alors elle avait écrit une lettre à sa mère, pour lui dire de ne pas s'inquiéter, qu'elle était en bonne santé, et surtout qu'il ne fallait pas chercher à la retrouver.

Elle détestait le lycée et ne supportait plus la vue de son père. Quand elle était petite, pourtant, ils s'entendaient bien. Le week-end, il l'emmenait souvent s'amuser avec lui. Quand elle marchait main dans la main avec son père, elle se sentait fière sans raison particulière, et forte. Mais vers la fin du collège, elle avait eu ses premières règles, son pubis s'était couvert de poils, ses seins avaient commencé à gonfler, et son père s'était mis à la regarder avec un drôle d'air qu'il n'avait pas auparavant. Quand elle était arrivée en troisième année de collège, elle dépassait le mètre soixante-dix, et son père ne lui adressait pratiquement plus la parole.

Ses notes n'avaient rien de faramineux. Au début du collège, elle était plutôt dans les meilleures de la classe, mais à la fin, c'était plus rapide de compter son classement à partir des derniers, et c'est de justesse qu'elle était entrée au lycée. Elle n'était pas bête, pourtant, mais elle avait du mal à se concentrer. Quand elle commençait quelque chose, elle n'arrivait jamais à terminer. Essayer de se concentrer lui donnait la migraine. Elle avait des difficultés à respirer, les battements de son cœur devenaient désordonnés. Aller à l'école ne représentait plus rien pour elle, sinon une douleur insupportable.

Peu après son installation dans cette ville d'Ibaraki, elle avait rencontré Keisuke. Il avait deux ans de plus qu'elle et c'était un excellent surfer. Il était grand, se teignait les cheveux en châtain clair et avait de belles dents bien alignées. Il était venu vivre dans cette ville parce qu'il y avait de belles vagues, et avait formé un groupe de rock avec des amis. Il s'était inscrit dans une université privée de seconde classe, mais comme il n'allait pratiquement jamais aux cours, ses perspectives de réussir l'examen de sortie étaient équivalentes à zéro. Ses parents tenaient une pâtisserie à l'ancienne dans la ville de Mito, et, en cas de besoin, il pourrait toujours prendre leur suite, mais il n'avait aucune intention de finir derrière le comptoir d'une pâtisserie. Il pensait qu'il pouvait passer sa vie à rouler avec ses amis dans son camion Datsun à la recherche de bons spots de surf, et jouer de la guitare dans un groupe de rock amateur, mais il n'y avait aucune raison qu'une vie aussi facile puisse durer toujours, ni pour lui ni pour quiconque.

Junko s'était donc mise à vivre avec Keisuke et, un peu plus tard, avait noué amitié avec Miyake. Ce dernier avait environ quarante-cinq ans, il était petit et maigre. Il avait un visage long et mince, des cheveux courts et des lunettes. Sa barbe poussait très vite et, le soir, il avait toujours le bas du visage couvert d'un épais duvet noir. Il portait toujours des chemises de treillis aux couleurs délavées ou des chemises hawaiiennes, dont il laissait un pan dépasser d'un pantalon trop large et avachi, et de vieilles tennis blanches. En hiver, il se contentait d'enfiler par-dessus sa tenue une vieille veste en cuir toute fripée. Parfois, il portait une casquette de base-ball, mais en dehors de ça, Junko ne l'avait jamais vu habillé autrement. Pourtant, ses vêtements avaient toujours l'air soigneusement lavés.

Dans cette petite ville côtière au nord-est de Tokyo, personne ne parlait avec l'accent du Kansai en dehors de Miyake, si bien que sa présence se remarquait, qu'on le veuille ou non. Une de ses collègues avait dit à Junko qu'il louait une maison près du supermarché où il vivait seul et faisait de la peinture toute la journée. « Hum, enfin, je ne crois pas que ce soit un peintre célèbre, hein. De toute façon, je n'ai jamais vu ses tableaux. Mais il a l'air de se débrouiller pour en vivre, donc ça ne doit pas être si mal, ce qu'il fait. De temps en temps, il va à Tokyo acheter du matériel de peinture, et il rentre le soir. Ça doit faire cinq ans qu'il vit ici. On le voit souvent faire des feux de camp tout seul sur la plage. Il doit aimer ça, parce qu'il a l'air terriblement concentré sur ce qu'il fait. C'est un type un peu bizarre, pas très causant, mais pas méchant. »

Miyake venait trois fois par jour au magasin. Le matin, il achetait du lait, du pain et un journal, à midi un repas tout prêt, et le soir, une bière fraîche et des petites choses à grignoter avec. Les mêmes achats se répétaient quotidiennement, dans le même ordre. Il ne parlait pas aux employés sinon pour dire bonjour, mais Junko avait développé une sorte d'affection naturelle pour lui.

Un matin où ils étaient seuls tous les deux dans la boutique, elle prit son courage à deux mains et l'interrogea :

— Pourquoi venez-vous chaque jour faire de petites courses, même si vous habitez tout près ? Vous pourriez faire des provisions de bière et de lait et les garder au réfrigérateur, ce serait plus commode, non ? Nous, évidemment, du moment qu'on vend, ça revient au même, mais...

— Oui, bien sûr, ce serait mieux si je pouvais acheter à l'avance ce dont j'ai besoin mais c'est impossible, vu les circonstances.

— Quelles circonstances ?

— Eh bien, comment dire, des circonstances un peu... particulières.

— Excusez-moi de me mêler de ce qui ne me regarde pas, ne le prenez pas mal. Je ne peux pas m'empêcher de poser des questions quand quelque chose m'échappe. C'était sans mauvaise intention.

Miyake hésita un peu puis répondit d'un air embarrassé :

— En fait, c'est que... je n'ai pas de Frigidaire, voilà. Je n'aime pas ce genre d'appareil.

Junko se mit à rire.

— Moi non plus, je n'aime pas spécialement les frigos, mais bon, j'en ai un quand même. C'est pratique, non ?

— Ça, c'est sûr, mais je n'y peux rien, je suis vraiment allergique à la présence d'un réfrigérateur chez moi. Ça m'empêche de dormir.

« Quel drôle de type ! » se dit Junko. Mais cette conversation ne fit qu'approfondir l'intérêt qu'elle portait à Miyake.

Quelques jours plus tard, alors qu'elle se promenait au bord de la mer, le soir, elle aperçut Miyake en train d'allumer un feu seul sur la plage. Elle l'appela, le rejoignit. Debout à côté de lui devant le feu, elle se rendit compte qu'elle le dépassait de cinq bons centimètres. Après avoir échangé de banales formules de salutations, ils restèrent côte à côte à regarder le feu en silence.

C'est alors, à la vue des flammes dans la nuit, que Junko ressentit soudain *quelque chose. Quelque chose de profond.* Une sorte de bloc d'émotion, aurait-on pu dire, car c'était trop vivant, cela avait un poids trop réel pour être simplement appelé une idée. Cela disparut aussitôt, laissant une sensation étrange qui lui serrait le cœur comme un souvenir nostalgique, après avoir parcouru tout son corps. Cela lui donna la chair de poule sur les bras, pendant un bon moment.

— Monsieur Miyake, ça ne vous fait pas une sensation bizarre de regarder le feu ?

— Quel genre de sensation ?

— Eh bien, comme de sentir de façon très vive des choses dont on n'a pas conscience dans la vie ordinaire. Comment dire ? Je ne sais pas comment exprimer ça parce que je ne suis pas très intelligente, mais, en regardant le feu, je ressens un calme profond, sans raison.

Miyake réfléchissait.

— Le feu, finit-il par dire, a une forme libre. Aussi, ceux qui le regardent se mettent-ils graduellement à y voir tout ce qu'ils veulent. Toi, par exemple, Junko, tu te sens apaisée en le regardant, mais c'est simplement un calme qui est présent au fond de toi qui se reflète dans les flammes. Tu comprends ?

— Hmm.

— Mais ce genre de choses ne se produit pas avec n'importe quel feu. Si le feu n'est pas libre, ça ne peut absolument pas se produire. Par exemple, ça n'arrivera jamais avec un brûleur à gaz. Ni avec la flamme d'un briquet. Ni même avec un feu de camp ordinaire. Pour que le feu se sente libre, il ne suffit pas de l'allumer dans un endroit où on pense qu'il va être libre. Ce n'est pas si facile à réaliser.

— Et vous, monsieur Miyake, vous réussissez à le réaliser ?

— Parfois oui, et parfois non. Mais en gros, oui, je peux le faire. Si je m'y efforce de tout mon cœur, j'y arrive.

— Vous aimez les feux de camp, hein ?

Miyake hocha la tête.

— Oui, c'est presque une maladie. Si je suis venu m'installer dans ce trou, c'est principalement parce que les vagues ramènent plus de bois flotté sur le rivage que dans la plupart des villes de bord de mer. C'est la seule raison de ma venue ici. Je me suis installé ici pour faire des feux de camp. Ça paraît complètement idiot, non ?

A partir de ce soir-là, Junko vint tenir compagnie à Miyake autour d'un feu de camp chaque fois qu'elle avait le temps. Il faisait des feux toute l'année, à part en plein été quand la plage était envahie de monde jusqu'au milieu de la nuit. Parfois, c'était deux fois par semaine, à d'autres moments, tout un mois s'écoulait sans qu'il en allume. Le rythme dépendait de la quantité de bois que ramenaient les vagues. Mais chaque fois qu'il décidait de faire un feu, Miyake ne manquait jamais de téléphoner à Junko pour la prévenir. Pour plaisanter, Keisuke appelait Miyake « ton ami le fou des feux de camp ». Pourtant, même Keisuke, de caractère asocial et jaloux, semblait bien accepter la présence de Miyake auprès de Junko.

Quand les flammes se mirent à lécher la plus grosse bûche, le feu parut devenir plus serein. Junko s'était assise sur le sable et contemplait le spectacle sans ouvrir la bouche. Miyake, muni d'une longue perche, arrangeait soigneusement les morceaux de bois, veillant à ce que les flammes ne se propagent pas trop vite, et à ce que l'intensité du feu ne faiblisse pas non plus. Il prenait de temps en temps un morceau de bois dans sa réserve de combustible et le lançait aux endroits où il fallait.

Keisuke déclara soudain qu'il avait mal au ventre.

— J'ai dû attraper froid. Il faudrait juste que j'aille aux toilettes et ça ira mieux après.

— Tu n'as qu'à rentrer à la maison, dit Junko.

— Oui, je crois que ça vaut mieux, dit Keisuke avec un air désolé. Mais toi ?

— Ne t'inquiète pas, je la raccompagnerai chez vous après, dit Miyake.

— Je veux bien, s'il te plaît, dit Keisuke avant de lever le camp.

— Ce qu'il peut être bête ! dit Junko en secouant la tête. Il boit toujours trop, il oublie que ça le rend malade.

— C'est vrai, Jun-chan, quand on ne sait pas se contrôler avec sagesse dès son plus jeune âge, ça gâche le plaisir. Mais enfin, Keisuke a beaucoup de qualités par ailleurs, non ?

— Peut-être, oui, mais il ne réfléchit jamais.

— C'est difficile d'être jeune. Parfois, on a beau réfléchir, on ne trouve pas de solution.

Ils retournèrent un moment à leur contemplation silencieuse des flammes. Chacun suivait le cours de ses propres pensées, et le temps s'écoulait pour eux selon des chemins séparés.

— Dis, Miyake, il y a quelque chose qui me tracasse. Je peux te poser une question ?

42

— A quel sujet ?

— C'est personnel.

Miyake passa plusieurs fois la paume de sa main sur ses joues envahies d'une barbe naissante et rêche.

— Je ne sais pas, mais vas-y, pose ta question et on verra après.

— Je me disais que si ça se trouve, tu devais avoir une femme quelque part, non ?

Miyake sortit la flasque de la poche de sa veste en cuir, la déboucha, but une gorgée de whisky en prenant tout son temps. Puis il la reboucha, la remit dans sa poche, et, seulement alors, regarda Junko.

— D'où te vient cette idée, brusquement ?

— Ce n'est pas brusquement, ça fait un moment que je me posais la question. Depuis que j'ai vu la tête que tu faisais quand Keisuke a parlé du tremblement de terre à Kobe. Les yeux des gens qui regardent un feu sont plutôt sincères, ils disent la vérité. C'est toi qui me l'as dit un jour...

— Ah, vraiment ?

— Et tu as des enfants aussi ?

— Oui, deux, j'en ai deux.

— Ils sont à Kobe, hein ?

— En tout cas, c'est là qu'était notre maison. Je pense qu'ils y vivent toujours, oui.

— Où, à Kobe ?

— A Higashi-nada[1].

Miyake plissa les paupières, leva la tête pour contempler l'étendue sombre de la mer, puis son regard revint vers le feu.

— Voilà pourquoi je ne peux pas te laisser traiter Keisuke d'idiot, tu comprends. On n'a pas le droit de juger les autres. Moi non plus, je ne réfléchis pas. C'est moi, le roi des idiots, tu comprends ?

— Tu veux m'en dire plus là-dessus ?

---

1. C'est-à-dire dans une partie de Kobe où le séisme a fait peu de dégâts. (*N.d.T.*)

— Non, dit Miyake. Non, je n'ai aucune envie d'en parler.

— Alors, arrêtons. Moi, en tout cas, je trouve que tu es quelqu'un de bien.

— La question n'est pas là, dit Miyake en secouant la tête.

Il se mit à tracer des dessins sur le sable de la pointe de son bâton.

— Dis, Jun-chan, tu as déjà pensé à la façon dont tu mourrais ?

Junko réfléchit un moment puis fit non de la tête.

— Moi, j'y pense tout le temps, tu sais, dit Miyake.

— Et comment tu vas mourir ?

— Enfermé dans un Frigidaire. Ça arrive souvent dans les faits divers, non ? Un enfant qui joue avec un frigo abandonné, il rentre dedans, la porte se referme et il meurt étouffé à l'intérieur. Voilà comment je me vois mourir.

Un gros morceau de bois tomba d'un bloc sur le côté, répandant une gerbe d'étincelles. Miyake le regarda sans rien faire. Les flammes se reflétaient sur son visage, dessinant des ombres irréelles.

— On meurt à petit feu, dans un endroit exigu, plongé dans les ténèbres. Et puis, si on mourait rapidement étouffé, ce serait bien, mais ce n'est pas si simple. Il y a un peu d'air qui pénètre à l'intérieur, par je ne sais où. Ce qui fait qu'on n'étouffe pas si facilement, ça prend énormément de temps. J'ai beau crier, personne ne m'entend. Personne ne se soucie de moi. C'est tellement étroit que je ne peux pas faire un seul geste. Et j'ai beau essayer de pousser, la porte ne s'ouvre pas de l'intérieur.

Junko ne disait pas un mot.

— Je fais tout le temps ce rêve. Et je me réveille au milieu de la nuit en sueur. Je rêve que je meurs lentement, très lentement, en me débattant et en souffrant dans les ténèbres. Même quand je me réveille, mon rêve ne se termine pas. C'est ça la partie la plus effrayante.

44

Je me réveille, j'ai le gosier tout desséché, aussi je vais à la cuisine et j'ouvre la porte du Frigidaire. Bien sûr, comme il n'y en a pas à la maison, je devrais comprendre tout de suite que je suis toujours en train de rêver. Mais, sur le moment, je ne m'en rends pas compte. Je me dis seulement en ouvrant la porte du frigo : « Tiens, c'est bizarre, il fait noir comme dans un four à l'intérieur. » Pensant qu'il doit y avoir une panne d'électricité, je plonge la tête dedans et, à ce moment-là, une main surgit du fond du Frigidaire et m'attrape par le cou. Une main glacée comme celle d'un cadavre. Et elle me serre avec une force inimaginable et m'entraîne à l'intérieur de l'appareil. Je me mets à hurler de toutes mes forces et, cette fois, je me réveille pour de bon. Voilà le rêve que je fais. Toujours le même. Exactement le même d'un bout à l'autre. Et il me fait chaque fois aussi affreusement peur.

Miyake piqua une bûche enflammée du bout de son bâton et la remit dans sa position d'origine.

— Ce cauchemar a l'air si réel qu'il me semble que je suis déjà mort plusieurs fois.

— Depuis quand le fais-tu ?

— Depuis si longtemps que je n'arrive plus à me rappeler quand ça a commencé. Parfois, j'en suis complètement libéré pendant un moment. Il y a eu une période d'un an ou... oui, c'est ça, deux ans même, pendant laquelle je n'ai pas fait ce cauchemar une seule fois. J'ai cru que tout allait bien se passer désormais. Mais il a fini par revenir. Il réapparaît chaque fois que je commence à me dire : ça y est, maintenant, c'est fini, je suis tiré d'affaire, il ne reviendra pas. Et quand mon rêve revient, je ne contrôle plus rien, je ne sais pas quoi faire pour l'arrêter.

Miyake secoua la tête.

— Écoute, Jun-chan, je suis désolé, je sais bien que ça ne m'avance à rien de te raconter des histoires aussi sinistres.

— Mais non, voyons, au contraire, dit Junko en mettant une cigarette entre ses lèvres et en craquant une allumette.

Elle aspira une grande bouffée de fumée et ajouta :

— Raconte-moi.

Le feu tirait à sa fin. Tout avait brûlé, y compris la volumineuse réserve de bois, que Miyake avait ajouté au fur et à mesure. C'était peut-être une impression mais il sembla à Junko que le bruit des vagues s'était amplifié.

— Il y a un écrivain américain qui s'appelle Jack London, commença Miyake.

— Celui qui a écrit sur les feux de camp ?

— Oui. Tu t'y connais, dis donc. Eh bien, Jack London, il a été persuadé pendant très longtemps qu'il finirait noyé. Il était convaincu, mais alors convaincu qu'il tomberait un jour à la mer par erreur et qu'il se noierait sans que personne se rende compte de sa disparition.

— Et il est vraiment mort noyé ?

Miyake secoua la tête.

— Non. Il se serait tué en absorbant un somnifère à base de morphine.

— Son intuition n'était pas fondée, alors. Ou peut-être qu'il a décidé de contrarier le sort et a fait ce qu'il fallait pour ne pas mourir noyé ?

— En apparence, oui, dit Miyake.

Puis il fit une pause.

— Mais en un sens, il ne s'était pas trompé. Jack London est bien mort noyé dans une mer de ténèbres, une nuit de solitude. Il était devenu alcoolique, il avait atteint le fond du désespoir, et il est mort en se débattant là-dedans. L'intuition, parfois, c'est une sorte d'image de substitution. Parfois, cette image est beaucoup plus vivante et dépasse la réalité en horreur. C'est ce qu'il y a de plus effrayant dans le phénomène qu'on appelle prémonition. Tu comprends ce que je veux dire ?

Junko réfléchit un moment. Mais non, décidément, elle ne comprenait pas.

— Moi, je n'ai jamais réfléchi à la façon dont je

mourrai. Je ne peux pas y penser. Je ne sais même pas de quelle façon je vais vivre, alors !

— Oui, tu as raison, dit Miyake en hochant la tête. Mais d'un autre côté, en partant de la façon de mourir, on peut déduire le genre de vie qu'on va mener.

— Tu vis comme dans ton cauchemar ?

— Je ne sais pas. Il m'arrive de le penser, oui.

Miyake s'assit à côté de Junko. Il avait l'air plus fatigué que d'habitude, et plus âgé. Les cheveux avaient trop poussé au-dessus de ses oreilles et se dressaient tout droit.

— Dis, Miyake, quel genre de tableaux tu peins ?

— Ça, c'est très difficile à expliquer.

Junko changea l'angle de sa question :

— Que représente le dernier tableau que tu as peint, alors ?

— Ça s'appelle *Paysage avec fer*. Je l'ai terminé il y a trois jours. Ça représente une pièce avec un fer à repasser dedans. C'est tout.

— Et pourquoi c'est difficile à expliquer ?

— Parce qu'en fait ce n'est pas un fer à repasser.

Junko leva la tête pour regarder son compagnon :

— Un fer qui n'est pas un fer ?

— Exactement.

— Autrement dit, c'est une image de substitution ?

— Peut-être.

— C'est quelque chose que tu ne peux pas peindre sans le représenter par un autre objet ?

Miyake hocha la tête en silence.

Ils levèrent la tête vers le ciel et s'aperçurent qu'il y avait beaucoup plus d'étoiles qu'un peu plus tôt. La lune avait changé de place dans le ciel. Miyake jeta finalement dans le feu le bâton qu'il avait tenu à la main toute la soirée. Junko s'appuya légèrement sur son épaule. L'odeur des centaines de feux de camp qu'il avait allumés sur la plage imprégnait les vêtements de Miyake. Junko huma longuement ce parfum.

— Tu sais, Miyake.

— Oui ?

— Je suis vide.

— Ah ?

— Hmm.

Junko ferma les yeux et les sentit se remplir sans raison de larmes qui se mirent à rouler sur ses joues. De la main droite, Junko serrait le pantalon de Miyake à hauteur du genou. Tout son corps était agité de petits tremblements. Miyake passa un bras autour de ses épaules et la serra doucement contre lui. Mais les larmes de Junko ne voulaient pas s'arrêter de couler.

— Rien, il n'y a vraiment rien, dit-elle d'une voix cassée au bout d'un moment. Je suis vide, complètement vide.

— Je comprends.

— C'est vrai ?

— Je m'y connais en la matière, tu sais.

— Alors, qu'est-ce que je dois faire ?

— Il faut dormir un bon coup et, quand on se lève le lendemain, ça va beaucoup mieux.

— Ce n'est pas si simple.

— Peut-être. Peut-être que ce n'est pas si simple.

Le feu émit un chuintement, comme quand la vapeur fusait d'un bout de bois imprégné d'eau de mer. Miyake leva la tête, plissa les yeux, regarda un moment en direction du bruit.

— Alors, qu'est-ce que je dois faire ? répéta Junko.

— Eh bien... tu ne voudrais pas mourir avec moi, maintenant ?

— Mourir ? Pourquoi pas ? Je veux bien.

— Tu es sérieuse ?

— Très sérieuse.

Le bras toujours autour des épaules de Junko, Miyake resta silencieux un instant. Junko enfouit son visage dans la vieille veste en cuir confortable qu'il portait toujours.

— En tout cas, attendons que le feu de camp soit complètement éteint, dit Miyake. Ce feu que j'ai allumé exprès, je veux l'accompagner jusqu'au bout. Quand il sera complètement éteint et qu'il fera noir, mourons ensemble.

— D'accord, dit Junko. Mais comment on va s'y prendre pour se tuer ?

— Je vais y réfléchir.

— Hmm.

Enveloppée d'une odeur de feu de camp, Junko ferma les yeux. La main de Miyake sur son épaule était petite pour une main d'homme, et étrangement rêche. « Je ne pourrais sans doute pas vivre avec lui, songea Junko. Parce que je ne crois pas que je pourrais pénétrer dans son cœur. Mais mourir avec lui, ça, je peux peut-être le faire. »

Cependant, ainsi serrée dans les bras de Miyake, le sommeil la gagna peu à peu. Ce devait être le whisky. La moitié d'un tronc d'arbre s'effondra en cendres, mais le plus gros rondin rougeoyait encore, elle en sentait la chaleur sereine sur sa peau. Cela prendrait encore pas mal de temps avant qu'il ne s'éteigne.

— Je peux dormir un peu ? demanda Junko.

— Bien sûr.

— Tu me réveilleras quand le feu sera éteint ?

— Ne t'inquiète pas, quand le feu sera éteint, tu te réveilleras à cause du froid, même si tu n'en as pas envie.

Junko se répéta ces mots plusieurs fois intérieurement. « Quand le feu sera éteint, tu te réveilleras à cause du froid, même si tu n'en as pas envie. » Puis elle se roula en boule et sombra dans un bref sommeil de plomb.

Tous les enfants de Dieu savent danser

Yoshiya se réveilla avec la pire gueule de bois qu'il ait jamais connue. Il avait beau essayer de toutes ses forces de soulever les paupières, son œil gauche refusait de lui obéir et ne s'ouvrait pas. Il éprouvait la même sensation que si sa tête entière s'était emplie de caries pendant la nuit : un jus putride coulait de ses dents pourries, et liquéfiait son cerveau de l'intérieur. S'il laissait les choses continuer ainsi, bientôt son cerveau serait complètement fondu. Mais en même temps, pourquoi pas ? Cela lui était indifférent. Tout ce qu'il voulait, c'était dormir encore un peu, si possible. Mais il savait bien qu'il ne pourrait pas se rendormir. Il se sentait trop mal pour ça.

Il voulut jeter un coup d'œil à la montre posée à son chevet mais, pour une raison inconnue, elle avait disparu. Elle ne se trouvait pas à l'endroit où elle aurait dû être. Ses lunettes non plus, d'ailleurs. Peut-être les avait-il inconsciemment jetées quelque part ? Ça lui était déjà arrivé.

« Il faut que je me lève », se dit-il, mais à peine avait-il soulevé le torse que sa conscience flancha à nouveau et qu'il retomba sur le lit, la tête dans l'oreiller. La voiture d'un marchand de perches à sécher passait dans le voisinage. « Nous reprenons vos perches à sécher usagées en échange de neuves, cela vous coûtera le même prix qu'il y a vingt ans », grésillait dans un haut-parleur une voix de quinquagénaire, dont le ton traînant et monotone donnait la nausée à Yoshiya. Mais il savait qu'il serait incapable de vomir.

Un de ses amis lui avait dit que, quand il se réveillait avec une gueule de bois le lendemain d'une soirée trop arrosée, il commençait toujours sa journée en regardant les débats télévisés : les voix des présentateurs talentueux aux dents longues lui écorchaient tellement les oreilles que cela lui permettait de vomir ce qui lui était resté sur l'estomac de ses beuveries de la veille.

Mais ce matin-là, Yoshiya n'avait même pas le courage de se traîner jusqu'à la télévision. Le simple fait de respirer lui était déjà assez pénible. Des lumières transparentes, des nappes de fumée blanche passaient en désordre devant ses yeux, se mélangeaient, donnant au panorama qui l'entourait des reliefs étrangement plats. Il se demanda même si ce n'était pas l'effet que cela faisait de mourir. « De toute façon, connaître une seule fois cette sensation est largement suffisant. Je préfère mourir que de continuer comme ça. Mon Dieu, s'il Te plaît, fais que je ne me retrouve pas deux fois dans cet état. »

Par association d'idées, Dieu le fit penser à sa mère. Il avait envie de boire de l'eau et voulut l'appeler pour qu'elle lui en apporte un verre, mais au moment où il allait ouvrir la bouche, il se rappela qu'il était seul. Sa mère était partie pour le Kansai trois jours auparavant en compagnie d'autres fidèles. Il faut vraiment des gens de toutes sortes pour faire un monde, songea Yoshiya : la mère était une bénévole des « Messagers de Dieu », et le fils était en proie à une gueule de bois de la catégorie poids lourd. Il ne pouvait pas se lever, son œil gauche refusait même de s'ouvrir. Avec qui avait-il passé la soirée, déjà ? Impossible de s'en souvenir. Quand il essayait, son cerveau se muait en pierre. « Peu importe, j'y réfléchirai tranquillement plus tard », se dit-il.

Ce devait encore être le matin. Mais à en juger

d'après la lumière aveuglante qui filtrait entre les rideaux, il était bien onze heures passées. Comme il travaillait dans une imprimerie, les retards des jeunes employés comme lui étaient considérés avec indulgence, à condition qu'ils fassent des heures supplémentaires pour arriver à boucler les commandes à temps. En revanche, s'ils ne se présentaient que l'après-midi pour travailler, ils avaient droit à des réflexions acerbes du patron. Yoshiya écoutait les reproches d'une oreille et attendait que ça passe, mais il voulait éviter de mettre dans l'embarras le fidèle de sa connaissance qui l'avait recommandé pour ce travail.

Quand il sortit enfin de chez lui, il était près d'une heure de l'après-midi. D'habitude, il trouvait une excuse appropriée et n'allait pas travailler de la journée, mais, ce jour-là, il restait sur son ordinateur un texte qu'il devait absolument formater et imprimer dans la journée, et c'était une tâche qu'il ne pouvait confier à personne d'autre.

Il quitta donc l'appartement de location qu'il occupait avec sa mère à Asagaya, prit la ligne Centrale jusqu'à Yotsuya, changea pour la ligne Marunouchi qui l'amena jusqu'à Kasumigaseki, changea à nouveau pour la ligne Hibiya et descendit finalement à Kamiyacho, la gare la plus proche de la petite imprimerie spécialisée dans les guides de voyages où il travaillait. D'un pas mal assuré, les jambes molles, il grimpa de nombreuses marches, en descendit autant, avant d'arriver finalement au but.

Ce soir-là, sur le chemin du retour, vers dix heures et demie, il remarqua lors de son changement à Kasumigaseki un homme à la chevelure poivre et sel, auquel manquait un lobe d'oreille.

Âgé d'environ cinquante-cinq ans, il était grand, ne portait pas de lunettes, était vêtu d'un pardessus en tweed à l'ancienne mode, et tenait une serviette de cuir à la main droite. Il se dirigeait, du pas lent d'un homme plongé dans de profondes réflexions, vers le quai de la ligne Chiyoda. Yoshiya lui emboîta le pas sans la moindre hésitation. Il se rendit compte tout à coup qu'il avait le gosier aussi desséché que du vieux cuir.

La mère de Yoshiya avait quarante-trois ans mais elle en paraissait à peine trente-cinq. Elle avait de beaux traits réguliers et classiques, un teint frais de jeune fille. Un régime ascétique et des exercices de gymnastique pratiqués matin et soir avec acharnement avaient préservé toute la beauté de sa silhouette. Elle et Yoshiya n'avaient que dix-huit ans de différence, et on les prenait régulièrement pour le frère et la sœur.

En outre, elle n'avait pas un comportement très maternel. Ou peut-être était-elle simplement excentrique. En tout cas, même une fois que Yoshiya fut entré au collège et que son intérêt pour le sexe opposé eut commencé à s'éveiller, elle continua à se promener sous son nez en sous-vêtements, voire toute nue. Ils avaient naturellement des chambres séparées mais il lui arrivait de venir le rejoindre dans sa chambre au milieu de la nuit, sous prétexte qu'elle se sentait seule, et de se glisser à côté de lui sous la couette, en petite tenue. Elle se rendormait alors, les bras autour de son fils, serrée contre lui comme un chien ou un chat.

Yoshiya comprenait bien qu'elle agissait en toute innocence mais ce genre d'attitude de la part de sa mère le troublait. Il était obligé d'adopter des positions peu naturelles pour dormir, afin d'éviter qu'elle remarque ses érections.

Il se mit à chercher désespérément une partenaire sexuelle, par crainte de tomber dans le piège d'une relation fatale avec sa génitrice. Quand il n'avait pas auprès de lui de petite amie avec qui satisfaire ses pulsions, il veillait à se masturber régulièrement et consciencieusement. A partir du lycée, il chercha des petits boulots pour gagner de l'argent de poche qu'il allait dépenser dans les établissements de plaisir de la capitale. Ce n'était pas tant le besoin de satisfaction sexuelle que la peur de l'inceste qui le motivait.

Au moment voulu, il quitterait la maison et vivrait seul, se disait-il. Cette idée le tracassa longtemps. Il s'était mis à y penser à son entrée à l'université, puis à nouveau à la fin de ses études. Mais finalement il avait atteint l'âge de vingt-cinq ans sans réussir à mettre son projet en pratique, et vivait toujours avec sa mère. L'une des raisons de la situation était qu'il avait peur de ce qui pourrait lui passer par la tête s'il la laissait seule. Plusieurs fois déjà, il avait dû user de toutes ses forces pour empêcher sa mère de mettre à exécution les idées soudaines et autodestructrices (et cependant toujours pleines de bonnes intentions) qui lui traversaient l'esprit.

Et puis, s'il lui annonçait maintenant, brusquement, qu'il quittait la maison, cela soulèverait certainement un terrible tollé. Elle n'avait sans doute jamais envisagé l'éventualité qu'il lui faudrait un jour vivre séparée de son fils. Yoshiya se souvenait encore très bien du profond chagrin, des cris et de l'affolement qu'il avait suscités le jour où, à treize ans, il lui avait annoncé qu'il abandonnait la foi. Six mois durant, elle n'avait plus mangé, n'avait plus ouvert la bouche, ne s'était plus lavée, ni peignée, n'avait plus changé de sous-vêtements. Elle ne s'était même plus préoccupée de ses règles. Jamais Yoshiya n'avait vu sa mère dans un état de saleté et de puanteur aussi repoussant. A la seule idée que cela pourrait se reproduire, son cœur se serrait douloureusement.

Yoshiya n'avait pas de père. Depuis sa naissance, il n'avait connu que sa mère. « Ton père, c'est le Seigneur », avait-elle répété à Yoshiya depuis sa plus tendre enfance (c'est ainsi qu'elle et son groupe de croyants désignaient leur Dieu). « Le Seigneur ne peut résider ailleurs qu'au plus haut des Cieux. Il ne peut pas vivre auprès de nous. Mais ton père, le Seigneur, veille toujours sur toi. »

M. Tabata, qui avait servi de guide spirituel à Yoshiya depuis son enfance, lui disait la même chose :

— Tu n'as pas de père en ce monde, c'est certain. Tu rencontreras sur ton chemin des gens qui te feront toutes sortes de réflexions stupides à ce propos. Malheureusement, la plupart des gens sont aveugles et incapables de discerner la vérité. Mais tu sais, Yoshiya, ton père, c'est le monde lui-même. Tu es totalement enveloppé de son amour. Tu dois en être fier, et vivre d'une façon correcte pour lui faire honneur.

— Mais Dieu, Il appartient à tout le monde ? répondait Yoshiya, qui venait à l'époque d'entrer à l'école primaire. Alors qu'un père, chacun a le sien, normalement, non ?

— Écoute-moi bien, Yoshiya, un jour le Seigneur, qui est ton père, t'appartiendra à toi seul et Se manifestera devant toi. Tu Le rencontreras au moment où tu t'y attendras le moins, dans le lieu le plus inattendu. Mais si tu éprouves le moindre doute, ou si tu abandonnes la foi, Il sera si déçu que peut-être Il ne Se montrera jamais à toi, de toute ta vie. Tu comprends ?

— Oui.

— Tu te rappelleras toujours ce que je t'ai dit ?

— Oui, je m'en souviendrai, monsieur Tabata.

Mais, pour être honnête, Yoshiya n'arrivait pas à digérer ça. Parce qu'il n'arrivait pas à croire qu'il faisait partie de ces êtres élus appelés « Enfants de Dieu ». Il avait beau réfléchir, il ne pouvait se voir autrement qu'en enfant ordinaire comme il y en a partout. Il se considérait même plutôt comme un enfant « légèrement en dessous des enfants ordinaires ». Il n'avait aucun don particulier, et il s'empêtrait sans cesse dans tout ce qu'il faisait. Même une fois dans les grandes classes de l'école primaire, cela ne changea pas. Il avait d'excellentes notes, mais en sport il était irrécupérable. Il était trop lent et trop frêle, myope et maladroit de surcroît.

S'il participait à un match de base-ball, il n'arrivait jamais à attraper la balle au vol. Ses coéquipiers lui faisaient des reproches et les filles qui regardaient le match riaient sous cape.

Le soir, avant de s'endormir, il adressait une prière à ce Dieu Qui était son père.

« S'il Vous plaît, je promets de garder une foi ferme en Vous toute ma vie, mais faites que j'attrape la balle au vol au prochain match. C'est tout ce que je demande. Je n'ai pas d'autre souhait à formuler (pour le moment). »

Si Dieu était vraiment son père, Il aurait dû lui accorder au moins la réalisation de ce misérable souhait. Pourtant, son vœu n'était jamais exaucé. Et la balle continuait à tomber de son gant à chaque match.

— Yoshiya, c'est une épreuve que t'envoie le Seigneur, disait sèchement M. Tabata. Prier n'est pas mauvais. Mais tu dois prier pour des choses plus grandes, plus vastes. Ce n'est pas correct de prier pour demander des choses concrètes, limitées dans le temps.

Lorsque Yoshiya eut dix-sept ans, sa mère lui révéla enfin le secret (disons, l'espèce de secret) qui entourait sa naissance.

— Tu as atteint l'âge où tu dois savoir, lui dit-elle. Jusqu'à mon adolescence, j'ai vécu dans les ténèbres. Mon âme était aussi trouble et confuse qu'une mer boueuse à peine formée. La lumière de la vérité était dissimulée derrière les nuages. J'ai eu des relations charnelles avec quelques hommes. Tu comprends ce que je veux dire par relations charnelles ?

— Oui, maman, je comprends, dit Yoshiya.

Pour parler de sexe, sa mère employait parfois des expressions terriblement vieux jeu. A cette époque, Yoshiya avait déjà eu plusieurs relations charnelles sans amour avec des femmes.

Sa mère poursuivit son récit :

— La première fois que je suis tombée enceinte,

c'était en deuxième année de lycée. A ce moment-là, je n'accordais pas grande importance à la chose. Je me rendis dans un hôpital recommandé par une de mes amies et me fis avorter. Le gynécologue qui m'opéra était jeune et gentil, et, après l'opération, il me donna quelques conseils de contraception. « L'interruption de grossesse ne peut avoir que des conséquences néfastes pour le corps et pour l'esprit, sans compter le problème des maladies sexuellement transmissibles, aussi vaut-il mieux utiliser ceci », me dit-il en me tendant une boîte de préservatifs. Je lui répondis que j'en avais utilisé, ce à quoi le médecin répliqua : « Dans ce cas, vous n'avez pas dû bien le mettre. C'est incroyable comme les jeunes s'y prennent mal pour utiliser les préservatifs. » Mais je n'étais pas si bête. J'avais été extrêmement prudente, j'avais tout fait pour éviter une grossesse. Une fois nue, je mettais toujours le préservatif moi-même à mon partenaire. Je me disais : on ne peut pas faire confiance aux hommes. Tu sais ce que c'est qu'un préservatif, n'est-ce pas ?

— Oui, maman, je sais, répondit Yoshiya.

— Deux mois plus tard, j'étais de nouveau enceinte. J'avais pourtant été encore plus prudente que la première fois, mais ça ne m'empêcha pas de tomber enceinte. C'était incroyable. Mais, bon, c'était trop tard pour se lamenter. Je retournai donc chez le même gynécologue, qui me regarda fixement : « Je vous ai pourtant prévenue tout récemment de faire attention, dit-il. A quoi avez-vous donc la tête ? » Je lui expliquai en pleurant que j'avais été on ne peut plus prudente, mais il ne me crut pas et me réprimanda vertement : « Si vous aviez mis le préservatif correctement, ça n'aurait pas pu arriver, c'est tout. » Ce serait trop long de tout te raconter en détail mais, par un étrange concours de circonstances, je finis par avoir une relation charnelle avec ce médecin. Il avait une trentaine d'années et était encore célibataire. Ce n'est pas très intéressant comme histoire, mais enfin, il était honnête et sérieux. Il lui manquait le lobe de l'oreille droite, parce qu'un chien le lui avait arraché quand il était petit. Alors qu'il marchait tranquillement, un énorme chien qu'il ne connaissait pas s'était jeté sur lui, et l'avait mordu à l'oreille. « Ce n'est pas si grave, avait dit le médecin en me racontant l'histoire. Les lobes, ce n'est pas très important, on peut vivre sans. Si ce chien m'avait mordu au nez, ça serait autrement plus embêtant. » Je me dis qu'il avait bien raison. Grâce à cette relation avec lui, je retrouvai peu à peu ma véritable personnalité. Quand j'étais avec lui, je ne pensais à rien d'autre, rien ne troublait plus mon esprit. Je finis par tout aimer de lui, même sa moitié d'oreille. Il éprouvait une véritable passion pour son métier et me donnait des cours sur la contraception, même au lit. Il m'expliquait à quel moment il fallait mettre le préservatif, comment s'y prendre, quand il fallait l'enlever, etc. Je pratiquais donc une méthode de contraception parfaite, sur laquelle il n'y avait absolument rien à redire. Pourtant, je tombai à nouveau enceinte.

La mère de Yoshiya retourna donc à l'hôpital pour consulter le gynécologue qui était son amant et lui annoncer qu'elle était enceinte. Il l'examina et dut reconnaître que c'était vrai. En revanche, il refusa de reconnaître que c'était lui le père. « J'ai pratiqué une contraception parfaite, de professionnel et de spécialiste. Une seule conclusion s'impose : tu as eu des rapports avec un autre homme. »

— Ces mots me blessèrent horriblement. Tout mon corps tremblait de colère. Tu comprends pourquoi je me sentais blessée, n'est-ce pas ?

— Oui, maman, je comprends, dit Yoshiya.

— Tout le temps que j'étais avec lui, je n'avais pas eu une seule relation charnelle avec un autre homme. Et pourtant, je n'étais à ses yeux qu'une débauchée qui couchait avec plein d'hommes différents. A partir de ce moment, je ne le revis plus. Je ne me fis pas avorter. J'aurais voulu mourir. Je crois bien que j'aurais pris le premier bateau pour Oshima et me serais jetée à la mer, si M. Tabata ne m'avait pas rencontrée, errant dans la rue comme une âme en peine, et ne m'avait pas adressé la parole. La mort ne me faisait absolument pas peur. Et si j'étais morte à ce moment-là, toi, Yoshiya, tu ne serais pas né, naturellement. Mais M. Tabata m'a servi de guide et, grâce à lui, j'ai trouvé le salut. J'ai pu enfin découvrir la véritable lumière. Et puis, grâce au soutien des autres fidèles qui m'entouraient, j'ai pu t'accueillir dans ce monde.

Lorsqu'il avait rencontré la mère de Yoshiya, M. Tabata lui avait dit :

— Vous êtes tombée enceinte et, qui plus est, trois fois de suite, en dépit de toutes les strictes précautions que vous avez prises pour éviter une grossesse... Croyez-vous que pareil incident puisse être attribué seulement au hasard ? Moi, je ne le pense pas. Un hasard qui se produit trois fois n'est plus un hasard. Trois, en outre, c'est le chiffre des révélations, le chiffre qui indique l'œuvre du Seigneur. En d'autres termes, mademoiselle Ozaki, c'est le Seigneur Lui-même Qui vous demande de mettre cet enfant au monde. Mademoiselle Ozaki, cet enfant n'est pas le fils d'un homme ordinaire, mais celui du Seigneur Qui réside au plus haut des Cieux. C'est pourquoi je nomme l'enfant mâle qui naîtra de vous Yoshiya, Celui qui est Bon.

Conformément à la prédiction de M. Tabata, la jeune fille donna naissance à un garçon, et le prénomma Yoshiya. Dès lors, elle cessa toute *relation charnelle* avec les hommes et vécut en Messagère de Dieu.

— Ce qui veut dire, interrompit timidement Yoshiya, que mon père, biologiquement parlant, est ce médecin gynécologue.

— Pas du tout. J'avais pris toutes les précautions qu'il fallait avec lui. Non, M. Tabata a raison, ton père, c'est le Seigneur. Ce n'est pas à la suite d'une relation charnelle mais par la volonté de Dieu que tu es venu au monde, répondit sèchement sa mère, avec un regard enflammé.

Apparemment, elle en était persuadée. Mais Yoshiya, lui, restait convaincu que son père était le fameux gynécologue. Il devait y avoir un préservatif défectueux dans la série. Comment pouvait-on penser autrement ?

— Et ce médecin, a-t-il été au courant de ma naissance ?

— Je ne crois pas, répondit sa mère. Il n'y a aucune raison qu'il l'ait su. Je ne l'ai jamais revu et ne l'ai jamais contacté par la suite.

L'homme avait pris un train à destination d'Abiko sur la ligne Chiyoda. Yoshiya monta dans le même wagon que lui. A dix heures et demie du soir, il n'y avait guère de monde dans le train. L'homme s'assit, tira un magazine de son porte-documents, l'ouvrit à la page qu'il avait commencée. Cela avait l'air d'une publication spécialisée. Yoshiya s'assit en face de lui, ouvrit le journal qu'il tenait à la main et fit semblant de lire. L'inconnu était maigre, avec un visage grave, aux traits profondément creusés. Il avait bien une allure de médecin. Son âge aussi semblait correspondre à celui du gynécologue. Et il lui manquait le lobe de l'oreille droite. Cela ressemblait tout à fait à une morsure de chien.

Instinctivement, Yoshiya eut la certitude que cet homme était son père. « Cependant, il n'est sans doute même pas au courant de mon existence, songea-t-il. Si je l'abordais maintenant et lui révélais la vérité, il aurait sans doute du mal à me croire. » Puisqu'il s'était assuré de la contraception de sa partenaire avec un sérieux de spécialiste.

Le métro traversa les gares de Shin-Ochanomizu, Sendagi, Machiya, puis émergea à l'air libre. A chaque arrêt, le nombre de passagers diminuait. Mais l'homme restait concentré sur son magazine, sans même jeter un regard de côté, et ne manifestait aucune intention de se lever pour descendre. Yoshiya, tout en feignant de lire son journal, épiait du coin de l'œil les moindres mouvements de l'homme. En même temps, il se remémorait peu à peu les événements de la veille. Il était allé boire un verre à Roppongi, en compagnie d'un ami proche de l'époque de l'université, et de deux jeunes femmes que connaissait cet ami. Il se rappelait qu'ensuite ils étaient entrés tous les quatre dans une discothèque. Peu à peu, de nombreux détails de la soirée lui revenaient. Mais avait-il couché avec une de ces filles finalement ? Non, il n'avait sans doute rien fait. Il était tellement soûl qu'il aurait été bien incapable d'avoir une *relation charnelle*.

La colonne « société » de l'édition du soir qu'il avait sous les yeux était comme d'habitude emplie d'articles sur le tremblement de terre. Sa mère devait être à Osaka en compagnie des autres fidèles, ils dormiraient dans un établissement de la congrégation religieuse. Tous les matins, ils fourraient des articles de première nécessité dans leurs sacs à dos, prenaient leur voiture et roulaient aussi loin qu'ils pouvaient, puis quand la route était coupée, marchaient sur la route nationale enfouie sous les briques, pour aller distribuer les produits aux gens qu'ils rencontraient. Sa mère lui avait dit au téléphone que son sac à dos pesait quinze kilos. Il semblait à Yoshiya que l'endroit où elle se trouvait était à des années-lumière de lui et de cet homme en face de lui, plongé dans la lecture de son magazine.

Jusqu'à la fin de l'école primaire, Yoshiya avait participé chaque semaine avec sa mère aux activités d'évangélisation. Sa mère était celle, dans la communauté, qui obtenait les meilleurs résultats en matière de propagation de la foi. Elle était jeune et belle, avait l'air avenant et très bien élevé (était en fait très bien élevée). En outre, elle tenait un petit garçon par la main. Généralement, les gens relâchaient leur méfiance en face d'elle. Ils se disaient que même s'ils ne s'intéressaient pas à la religion, le moins qu'ils pouvaient faire était d'écouter ce que cette jeune femme avait à dire. Elle faisait des tournées de maison en maison, vêtue d'une tailleur discret (qui mettait néanmoins parfaitement en valeur sa silhouette), distribuait des brochures d'évangélisation, parlait en souriant du bonheur d'avoir la foi, sans insister, recommandait aux gens de venir les voir, elle et les membres de sa communauté, si un jour ils se heurtaient à un problème ou une souffrance quelconque dans leur vie.

— Nous ne faisons pas de prosélytisme, nous tendons simplement la main aux gens, disait-elle de sa voix chaude, avec un regard de braise. Moi-même, autrefois, alors que mon âme errait dans de profondes ténèbres, cet enseignement m'a apporté le salut. J'avais décidé de me jeter à la mer pour me noyer, moi et cet enfant, que je portais alors dans mon ventre. Mais la main du Seigneur au plus haut des Cieux m'a élevée vers Lui pour me sauver, et désormais je vis dans la lumière, avec cet enfant et la présence du Seigneur à mes côtés.

Yoshiya ne ressentait pas de souffrance à aller ainsi frapper de porte en porte chez des inconnus en tenant la main de sa mère. Elle était particulièrement gentille dans ces moments-là, et sa main était chaude. Il leur arrivait souvent d'être chassés froidement, mais cela ne le rendait que plus heureux les fois où ils étaient accueillis aimablement. Quand sa mère parvenait à enrôler de nouveaux fidèles, il était très fier. « Peut-être qu'ainsi Dieu mon père me reconnaîtra un peu », se disait-il.

Cependant, peu après son entrée au collège, Yoshiya perdit la foi. Au fur et à mesure que croissait sa propre conscience indépendante, il trouvait de plus en plus difficile d'accepter sans réagir les préceptes sévères de la communauté religieuse, trop différents des opinions généralement admises. Mais ce n'était pas tout. Ce qui éloigna le plus radicalement Yoshiya de la foi, et de façon décisive, ce fut la sempiternelle froideur de son père le Seigneur à son égard, son cœur de pierre, silencieux, lourd et sombre. Sa mère souffrit cruellement de voir Yoshiya renoncer à la foi, mais la décision de ce dernier était irrévocable, et rien ne put le faire changer d'avis.

Lorsque l'homme remit le magazine dans son porte-documents, se leva et se dirigea vers la sortie, le train était arrivé dans l'une des dernières gares de Tokyo avant la préfecture de Chiba. Yoshiya descendit derrière lui. L'homme prit son billet dans sa poche, passa le guichet de sortie. Yoshiya, lui, dut faire la queue devant un autre guichet pour payer un supplément sur son billet initial. Il parvint cependant à sortir de la gare juste à temps pour voir l'homme monter dans un des taxis qui attendaient devant. Yoshiya prit le véhicule suivant, tira un billet de dix mille yen tout neuf de sa poche, et demanda au chauffeur s'il voulait bien suivre la voiture précédente. L'homme le regarda d'un air soupçonneux. Puis il regarda le billet.

— Ce n'est pas dangereux ? Vous n'êtes pas mêlé à une histoire crapuleuse ?

— Pas du tout, ne vous inquiétez pas, répondit Yoshiya. C'est juste une filature ordinaire.

Le chauffeur prit le billet de dix mille yen en silence et démarra.

— Mais le prix de la course, c'est à part, hein. Je mets le compteur.

Les deux taxis traversèrent des rues commerçantes où les rideaux de toutes les boutiques étaient baissés, longèrent quelques obscurs terrains vagues, puis un grand hôpital aux fenêtres éclairées, passèrent par un quartier de lotissement d'habitations bon marché. Comme la circulation était presque réduite à zéro à cette heure tardive, la filature n'était ni difficile ni palpitante. Le chauffeur, faisant preuve d'esprit d'à-propos, réduisait ou augmentait la distance avec la voiture précédente pour ne pas trop se faire remarquer.

— Vous enquêtez sur une affaire d'adultère ou quelque chose comme ça ? demanda-t-il.

— Non, je suis chasseur de têtes. On est deux sociétés qui veulent le même type.

— Eeeh ? s'étonna le chauffeur. Je ne savais pas que les compagnies allaient jusque-là de nos jours pour sélectionner leurs employés.

Les habitations s'étaient faites plus clairsemées, ils avaient pénétré dans une zone industrielle, où des usines et des hangars s'alignaient le long d'une rivière. Dans ces lieux déserts, seuls les réverbères neufs ressortaient de façon sinistre. Le premier taxi fit halte brutalement le long d'une haute enceinte de béton. Le chauffeur de Yoshiya, prévenu de l'arrêt par les feux arrière rouges de la voiture précédente, freina lui aussi une centaine de mètres plus loin, s'arrêta, éteignit ses phares. La lueur de la lampe au mercure se reflétait durement, silencieusement, sur l'asphalte noir et on n'apercevait rien en dehors de ce long mur de béton. Au-dessus de cette enceinte courait un épais rideau de barbelés, comme pour intimider le monde extérieur. Loin devant lui, Yoshiya vit la porte avant du premier taxi s'ouvrir pour livrer passage à l'homme au lobe d'oreille arraché. Yoshiya tendit sans rien dire deux billets de mille yen au chauffeur pour le prix de la course.

— Il n'y a pas beaucoup de taxis qui passent dans le coin, monsieur. Vous aurez du mal à rentrer. Voulez-vous que je vous attende un moment ?

Yoshiya déclina l'offre et descendit.

L'homme s'était dirigé tout droit, sans même jeter un coup d'œil aux alentours, sur le chemin longeant l'enceinte de béton. Il marchait d'un pas lent et régulier, comme lorsqu'il était sur le quai du métro. On aurait dit un pantin mécanique sophistiqué attiré par un aimant. Yoshiya remonta le col de son manteau et, soufflant une haleine blanche à travers, se mit à suivre l'homme à distance respectable, de manière à ne pas être vu. Dans le silence, seul résonnait le martèlement anonyme des chaussures de cuir de l'inconnu sur l'asphalte. Les tennis aux semelles de caoutchouc de Yoshiya, au contraire, ne faisaient aucun bruit.

Les alentours semblaient totalement inhabités, et on se serait vraiment cru dans un paysage aérien tel qu'on en voit dans les rêves. Au bout de l'enceinte, on débouchait sur un cimetière de voitures, où des carcasses d'automobiles s'empilaient, entourées d'une haie de barbelés. Les lieux, longtemps exposés à la pluie, avaient absorbé uniformément la teinte de la lampe au mercure. L'homme passa devant le tas de carrosseries rouillées sans s'arrêter.

Yoshiya ne comprenait pas ce qui se passait. Quelle raison pouvait bien avoir cet homme d'arrêter son taxi dans un lieu aussi désert et inhabité ? Il ne rentrait donc pas chez lui ? Ou alors il faisait un petit détour avant de rentrer à la maison ? Mais cette nuit de février était bien trop froide pour se promener. Un vent glacé s'était mis à souffler, et les rafales sur la route paraissaient pousser Yoshiya dans le dos.

Une fois passé le cimetière de voitures, un nouveau mur de béton rébarbatif se dressait le long du chemin. A l'endroit où il se terminait, se trouvait l'entrée d'une étroite ruelle, où l'homme s'engouffra sans hésitation, comme sur un trajet familier. Le fond du passage était si sombre qu'on ne pouvait distinguer ce qui s'y trouvait. Après une légère hésitation, Yoshiya s'enfonça derrière l'homme dans les ténèbres. Maintenant qu'il l'avait suivi jusqu'ici, ce n'était pas le moment de faire machine arrière. Cette espèce de défilé enserré entre deux hauts murs était si étroit qu'on pouvait à peine y croiser quelqu'un, et il y faisait sombre comme au plus profond de la nuit. Yoshiya pouvait seulement se fier au bruit des semelles de l'homme. Il marchait devant lui, toujours au même rythme. Yoshiya avançait dans ce monde privé de lumière uniquement sur les indications de ce bruit de pas, qui s'arrêta soudain.

L'inconnu s'était-il rendu compte qu'il était suivi ?

Figé sur place, sondait-il les ténèbres derrière lui en retenant son souffle ? La poitrine de Yoshiya se serra dans le noir. Mais il contint ses battements de cœur et continua à avancer. Qu'est-ce que cela pouvait faire ? Si l'homme s'était aperçu qu'il était suivi, ce serait l'occasion pour Yoshiya de lui expliquer pourquoi il avait fait cela. C'était peut-être le moyen le plus rapide d'arriver à ses fins. Cependant, la ruelle s'arrêtait brutalement à cet endroit : c'était une impasse. Devant Yoshiya, une barrière métallique obstruait le passage. Mais en regardant bien, il distingua un trou par où un homme pouvait se glisser et passer, quoique certainement à grand-peine. Ce trou semblait avoir été ménagé par une main humaine. Yoshiya remonta les pans de son manteau, se pencha et passa à travers.

De l'autre côté de la barrière s'étendait un vaste champ. Mais ce n'était pas un champ ordinaire. Non, cela ressemblait à un terrain de sport. Sous les pâles rayons de la lune, Yoshiya plissa les paupières pour scruter les alentours. Il ne vit nulle part l'homme qu'il suivait.

Il se trouvait sur un terrain de base-ball, approximativement au centre du champ extérieur. Seule la place du batteur ressortait, avec l'herbe écrasée, comme une cicatrice sur le terrain herbeux. Au loin, de l'autre côté, se dressait l'aile noire déployée du filet arrière, et la butte du lanceur formait un furoncle sur le sol. Tout le long du champ extérieur courait une haute rangée de fils de fer barbelés. Le vent qui soufflait sur le terrain emportait çà et là des sachets de chips vides.

Yoshiya fourra les deux mains dans ses poches, retint son souffle, attendant qu'il se passe quelque chose. Mais il ne se passa rien. Il regarda à droite, à gauche, du côté de la butte du lanceur, regarda le sol à ses pieds, puis le ciel au-dessus de lui. Plusieurs petits nuages aux contours bien nets flottaient dans le ciel. La lune en teintait les bords d'une étrange couleur. Une très légère odeur de crottes de chien émanait de l'herbe à ses pieds.

L'homme avait complètement disparu. Sans laisser de traces. Si M. Tabata avait été là, nul doute qu'il lui aurait dit : « Tu vois, Yoshiya, c'est la preuve que le Seigneur Se manifeste à nos yeux sous les formes les plus inattendues. »

Mais M. Tabata était mort trois ans plus tôt, d'un cancer de la prostate. Il avait vécu ses derniers mois dans des souffrances atroces, difficiles à supporter même pour ceux qui, de l'extérieur, le regardaient s'y débattre. N'avait-il pas mis Dieu à l'épreuve au moins une fois ? Ne L'avait-il pas prié d'alléger ne serait-ce qu'un peu ses souffrances ? Pareilles prières étaient sans doutes « trop limitées dans le temps, trop concrètes » pour M. Tabata, puisqu'il avait passé sa vie en relation étroite avec Dieu, dans la stricte observance de préceptes compliqués. Mais, songeait Yoshiya, si Dieu mettait les hommes à l'épreuve, pourquoi les hommes ne pouvaient-ils, eux, mettre Dieu à l'épreuve ?

Il ressentait de légers élancements derrière les tempes, mais ne parvenait pas à déterminer s'ils étaient dus aux dernières traces de son ivresse de la veille ou à une autre cause. Il fronça les sourcils, sortit les mains de ses poches, s'avança lentement, à grands pas, vers les bases.

Quelques minutes plus tôt, il suivait en retenant son souffle un homme qu'il pensait être son père. Il était entièrement concentré sur ce qu'il faisait, ne pensait à rien d'autre. Cette filature l'avait mené jusqu'à ce terrain de base-ball, dans une ville inconnue. Mais au moment où il avait perdu l'homme de vue, il avait soudain douté de l'importance réelle de cette suite d'actions. Il en avait décomposé le sens et avait été obligé de revenir au point de départ. Comme autrefois, quand attraper la balle de base-ball au vol était pour lui une question d'une importance cruciale et puis, un beau jour, avait cessé de l'être.

« Qu'est-ce que je cherchais exactement *à travers*

ça ? se demanda Yoshiya tout en continuant à avancer. Est-ce que je cherchais à vérifier une sorte de lien avec *ma présence ici*, maintenant ? Est-ce que je souhaitais être englobé dans un nouveau scénario, et qu'on me donne un nouveau rôle, plus avantageux ? Non, songeait-il, ce n'est pas ça. Peut-être que, pareil à un animal qui se mord la queue, je tournais simplement en rond à la poursuite de mes propres ténèbres. De temps en temps je les entrevoyais, alors je les poursuivais, m'y agrippais, et finalement je me retrouvais projeté dans des ténèbres encore plus profondes. Mais je crois que je ne les verrai plus jamais. »

L'âme de Yoshiya se déployait maintenant, immobile, dans une vaste étendue spatio-temporelle sereine et parfaitement dégagée. Peu lui importait désormais que cet homme fût son véritable père, ou Dieu, ou un simple inconnu sans aucun lien avec lui, auquel manquait le lobe de l'oreille droite. Il y avait enfin eu une manifestation, il avait reçu le sacrement. Fallait-il rendre grâces ?

Il grimpa sur la butte du lanceur puis, debout sur la plaque usée, se redressa de toute sa hauteur. Il croisa ses deux mains, les étendit le plus haut possible au-dessus de sa tête. Il aspira l'air froid de la nuit au fond de ses poumons, leva à nouveau les yeux vers la lune. Elle paraissait énorme. Pourquoi était-elle, selon les jours, plus grosse ou plus petite ? Du côté de la première et de la troisième base étaient alignés de modestes gradins, en fait des rangées de bancs. Naturellement, il n'y avait aucun spectateur, en plein milieu de cette froide nuit de février. Les longues planches de bois étaient simplement alignées par rangées de trois. Au-dessus du filet arrière, on voyait se dresser une sombre bâtisse sans fenêtre, sans doute un hangar. Elle n'était pas éclairée, et aucun son n'en provenait.

Debout sur la butte du lanceur, Yoshiya fit des moulinets avec ses bras. En même temps, il projetait ses jambes l'une après l'autre en avant, puis sur le côté, de façon rythmique. Il continua cette sorte de mouvements de danse un moment. Son corps se réchauffait, il retrouvait ses sensations d'organisme vivant. Il s'aperçut soudain que son mal de tête avait presque complètement disparu.

Une fille avec qui il était sorti quelque temps lorsqu'il était étudiant l'avait surnommé « Crapaudin ». Parce que sa façon de danser évoquait une grenouille, disait-elle. Elle-même adorait danser et entraînait souvent Yoshiya dans les discothèques.

— Tu as de longues jambes et de longs bras, et tu danses en titubant. C'est très mignon, on dirait une grenouille qui fait des bonds sous la pluie, disait-elle.

Yoshiya était un peu vexé de l'entendre parler ainsi, mais à force d'aller en discothèque avec elle, il se mit à prendre goût à la danse. Quand il s'agitait au son de la musique sans penser à rien d'autre, il avait vraiment l'impression que son rythme intérieur naturel s'accordait et répondait au rythme fondamental du monde, il ne pouvait dire autrement. Les marées, le vent qui dansait dans les champs, les mouvements des astres, tout cela devait forcément avoir un lien avec lui-même, songeait-il alors.

Cette fille avec qui il sortait alors lui avait dit qu'elle n'avait jamais vu un pénis aussi gros que le sien.

— Il ne te gêne pas pour danser ? Il est tellement grand ! disait-elle en le prenant dans sa main.

— Pas spécialement, répondait Yoshiya.

C'est vrai que son pénis était d'une taille inhabituelle. Il avait toujours été grand, depuis son enfance. Mais il ne se rappelait pas que cela lui eût été d'un quelconque avantage dans la vie. Il lui était même arrivé plusieurs fois de se voir refuser une relation sexuelle, sous prétexte que son membre était trop grand. En premier lieu, même d'un point de vue simplement esthétique, son sexe était trop gros. Long et flasque, il avait l'air parfaitement idiot et maladroit. En conséquence, Yoshiya s'efforçait de l'exposer le moins possible aux regards. « Si tu as un zizi aussi grand, c'est un signe que tu es un enfant de Dieu », lui affirmait sa mère avec beaucoup d'assurance quand il était enfant, et il le croyait lui aussi sincèrement. Mais à un moment donné, tout cela était soudain devenu ridicule. « Moi, j'ai prié pour parvenir à attraper correctement une balle au vol, et Dieu m'a répondu en me donnant un pénis plus grand que tous les autres. Quel est ce monde où se déroulent de si étranges transactions ? »

Yoshiya enleva ses lunettes, les rangea dans leur étui. « Danser, ce n'est pas mal non plus », songea-t-il. Il ferma les yeux, et se mit à danser tout seul, sentant les rayons blancs de la lune sur sa peau. Il inspira profondément, souffla l'air longuement. Aucune musique appropriée à son état d'esprit ne se présentait spontanément à son imagination, il dansa au rythme du frémissement des herbes, du lent passage des nuages. Au milieu de sa danse, il eut soudain l'impression que *quelqu'un* le regardait. Oui, il sentait nettement qu'il existait dans le regard de quelqu'un. Son corps, sa peau, ses os, le ressentaient. Mais peu lui importait. Si ce quelqu'un voulait le regarder, qu'il le fasse. « Tous les enfants de Dieu savent danser », se dit-il.

Il piétinait le sol en faisant tournoyer élégamment ses bras. Chaque mouvement appelait le suivant et se reliait à celui-ci de façon autonome. Son corps dessinait différentes figures. Il y avait un schéma d'ensemble et des variations, des improvisations. Derrière le rythme, il y avait un rythme caché, au milieu du rythme se dissimulait un rythme invisible. A chaque croisement stratégique, il contemplait à perte de vue des arabesques compliquées. Divers animaux se dissimulaient dans les bosquets, comme des images en trompe l'œil. Il y avait même d'effrayantes bêtes sauvages, telles qu'il n'en avait jamais vu. Sans doute n'allait-il pas tarder à traverser la forêt. Mais il n'avait pas peur. « Cette forêt, c'est en moi-même qu'elle est, après tout. C'est moi-même qui l'ai créée. Ces bêtes sauvages, c'est au fond de moi qu'elles vivent. »

Yoshiya n'aurait su dire combien de temps il dansa ainsi. Très longtemps, sans aucun doute. Il dansa jusqu'à ce que la sueur dégouline le long de ses aisselles. Puis il pensa à tout ce qui existait sous la terre qu'il piétinait : des grondements sinistres au fond d'épaisses ténèbres, des courants sous-marins inconnus qui transportaient les désirs, des insectes gluants qui grouillaient... C'est là que se trouvait l'antre des séismes qui transformaient en tas de briques les grandes cités des hommes. Tous ces éléments faisaient eux aussi partie du grand rythme de la Terre. Yoshiya s'arrêta de danser, reprit son souffle, et contempla le sol à ses pieds comme s'il plongeait le regard au fond d'un gouffre insondable.

Il pensa à sa mère, loin, là-bas, dans la ville détruite. « Si je pouvais remonter le temps, si je pouvais rencontrer ma mère à l'époque où elle était encore jeune et où son âme errait dans les ténèbres, que se passerait-il ? Sans doute, en étroite communion, nous partagerions la boue de la même confusion et donnerions libre cours à notre passion dévorante, et nous devrions expier violemment notre faute. Mais qu'importe ? Cela fait longtemps que j'aurais dû expier les pensées que j'ai eues envers elle. C'est autour de moi que les murs devraient s'effondrer, pas dans une ville lointaine. »

A la fin de l'université, sa petite amie lui avait dit qu'elle aimerait bien l'épouser.

— Je veux me marier avec toi, Crapaudin. Je veux vivre avec toi, avoir un enfant de toi. Un garçon, avec un zizi aussi gros que le tien.

— Je ne peux pas t'épouser, avait répondu Yoshiya. J'ai évité de te le dire jusqu'à présent, mais tu vois, je suis un enfant de Dieu. C'est pour ça que *je ne peux me marier avec personne*.

— Vraiment ?

— Vraiment. *Vraiment*. Je suis désolé.

Il s'était agenouillé aux pieds de son amie, avait ramassé une poignée de sable, qu'il avait laissée s'écouler lentement entre ses doigts. Il avait répété ce geste plusieurs fois. Le contact des grains rugueux et froids entre ses doigts lui rappelait la dernière fois où il avait serré la main émaciée de M. Tabata dans la sienne.

— Yoshiya, je n'en ai plus pour longtemps à vivre, lui avait dit M. Tabata d'une voix cassée.

Il avait répondu aux tentatives de dénégations de Yoshiya en secouant calmement la tête.

— Cela ne fait rien, tu sais. La vie en ce monde n'est rien de plus qu'un rêve douloureux qui s'écoule en un rien de temps. Pour ma part, j'ai accompli mon temps, sous la conduite du Seigneur. J'ai une dernière chose à te confier avant de mourir. J'ai vraiment honte de l'avouer, mais il le faut. Voilà : à de nombreuses reprises, j'ai eu des pensées impures envers ta mère. Comme tu le sais, j'ai une famille, que j'aime de tout mon cœur. Qui plus est, ta mère est une femme au cœur sans tache. Pourtant, je l'ai désirée charnellement, avec violence. Je n'ai pas pu lutter contre ces pensées. Je veux m'en excuser auprès de toi.

« Il n'y a pas à vous excuser. Vous n'êtes pas le seul à *avoir eu des pensées impures*. Même moi, qui suis son fils, je suis poursuivi aujourd'hui encore par des fantasmes dérisoires. » Voilà ce que Yoshiya aurait voulu répondre à M. Tabata. Mais cela n'aurait sans doute fait qu'augmenter le désarroi du mourant. Aussi Yoshiya prit-il en silence la main de son ancien guide spirituel et la serra longuement dans la sienne. Il essaya de lui communiquer ses pensées les plus secrètes à travers ses mains. « Nos cœurs ne sont pas de pierre. Les pierres peuvent s'effondrer et se briser, perdre leur forme. Mais le cœur ne peut pas s'effondrer. Le cœur n'a pas de forme mais il peut se propager à l'infini. Pour le meilleur comme pour le pire, tous les enfants de Dieu savent danser. » Le lendemain, M. Tabata rendait l'âme.

Accroupi sur la petite butte, Yoshiya s'abandonna au

Thaïlande

Au moment de la diffusion de l'annonce, Satsuki était plongée dans ses pensées. Elle ne comprit pas tout de suite le sens des syllabes que le steward thaïlandais prononçait dans un japonais douteux. A la deuxième répétition, elle comprit enfin :

« Nous traversons actuellement une zone de turbulences. Tous les passagers sont priés de retourner à leurs sièges et d'attacher leurs ceintures. »

Satsuki transpirait. Il faisait horriblement chaud. Elle avait l'impression d'être en train de cuire à la vapeur. Son corps était brûlant, le contact de son soutien-gorge et de ses bas nylon sur sa peau était à peine supportable. Elle avait envie de les enlever et de les jeter pour être enfin délivrée de cette sensation. Elle leva la tête, jeta un coup d'œil autour d'elle : apparemment, elle était la seule à souffrir ainsi de la chaleur. Les autres passagers de la classe affaires dormaient, une couverture sur les épaules, recroquevillés sur eux-mêmes pour échapper à l'air frais de la climatisation au-dessus de leur tête. Il devait s'agir de bouffées de chaleur. Satsuki se mordit les lèvres. « En concentrant mes pensées sur autre chose, se dit-elle, je parviendrai peut-être à oublier à quel point je suffoque. » Elle rouvrit le livre qu'elle lisait un moment plus tôt, se replongea dedans. Mais, bien entendu, il était impossible d'oublier une canicule aussi extraordinaire. Et il restait encore pas mal de temps avant l'atterrissage à Bangkok. Elle demanda de l'eau à une hôtesse qui passait dans la travée, puis elle sortit une boîte à pilules de son sac, avala un des comprimés hormonaux qu'elle avait oublié de prendre.

Une fois de plus, elle songea que les problèmes de la ménopause devaient être un avertissement plein d'ironie (ou de pure méchanceté) que Dieu envoyait à l'orgueilleuse espèce humaine qui prétendait prolonger sa vie en pure perte. Jusqu'à il y a un siècle, l'espérance de vie moyenne d'un humain n'atteignait même pas cinquante ans, et les femmes qui vivaient encore vingt ou trente années après la disparition de leurs cycles étaient des cas exceptionnels. La difficulté de continuer à vivre avec des tissus pour lesquels les ovaires ou la thyroïde avaient cessé de sécréter le taux nécessaire d'hormones, ou encore l'incidence possible de la baisse du taux d'œstrogène après la ménopause sur le déclenchement de la maladie d'Alzheimer n'étaient pas des problèmes d'une importance primordiale pour la majorité des gens. Pour la plus grande part de l'humanité, il y avait bien plus urgence et matière à débattre dans la question : Comment assurer sa subsistance quotidienne ? Vus ainsi, finalement, les progrès de la médecine ne consistaient-ils pas simplement à mettre en évidence, subdiviser et compliquer encore davantage les problèmes auxquels l'espèce humaine était confrontée ?

Un peu plus tard, le steward diffusa une nouvelle annonce. En anglais cette fois : « Y a-t-il un médecin parmi les passagers ? Si vous êtes médecin, merci de bien vouloir vous rendre immédiatement dans la cabine de l'équipage. »

Y avait-il un malade à bord de l'avion ? Satsuki fut sur le point de répondre à l'appel mais, après un instant de réflexion, elle préféra renoncer. Il lui était déjà arrivé deux fois dans le passé de dire qu'elle était médecin dans ce genre de circonstances, et, les deux fois, elle s'était retrouvée nez à nez avec des confrères généralistes voyageant dans le même avion. Ces médecins habitués aux consultations faisaient preuve d'un calme pareil à celui des généraux d'antan qui dirigeaient les combats en première ligne, et semblaient avoir le pouvoir de faire la différence au premier coup d'œil entre les généralistes comme eux et les médecins pathologistes spécialisés sans aucune expérience du front, comme Satsuki.

— Ne vous inquiétez pas, je crois que je peux me débrouiller tout seul. Reposez-vous donc tranquillement, professeur, avaient-ils dit à Satsuki avec un sourire paisible.

Elle avait grommelé une excuse niaise et leur avait cédé la place. Une fois revenue à son siège, elle avait regardé la suite du film, un film nul, bien entendu.

« Mais peut-être que, dans cet avion-ci, il n'y a personne en dehors de moi qui soit qualifié pour donner des soins à un malade. Ou peut-être qu'il s'agit d'un patient avec un problème de système immunitaire thyroïdien. Et si c'est le cas – ce n'est guère probable, mais sait-on jamais ? – même quelqu'un comme moi pourrait être utile... » Satsuki poussa un soupir et appuya sur la sonnette à côté de son siège pour appeler une hôtesse.

La conférence mondiale sur la thyroïde s'était déroulée quatre jours durant à l'hôtel Mariott à Bangkok.

Cela ressemblait plus à une réunion de famille qu'à une conférence mondiale. Tous les participants étaient des spécialistes des maladies thyroïdiennes et se connaissaient. Dans les rares cas contraires, on les présentait aussitôt. C'était un tout petit monde. Dans la journée, il y avait des communications de recherches, des débats, et le soir, de petites fêtes privées ici et là. Les amis intimes se retrouvaient, de vieilles amitiés se renouaient. On buvait du vin australien, on parlait de problèmes de thyroïde, on échangeait les derniers potins à voix basse, ou des informations sur les postes de spécialistes disponibles. On lançait des plaisanteries graveleuses de carabin, on chantait *Surfer Girl* des Beach Boys, dans des bars de karaoké.

Pendant tout son séjour à Bangkok, Satsuki se déplaça principalement en compagnie d'un groupe d'amis de l'époque de Detroit. C'était avec eux qu'elle se sentait le plus à l'aise. Elle avait été rattachée pendant près de dix ans au CHU de Detroit et y avait poursuivi ses recherches sur la fonction immunitaire de la glande thyroïde. Cependant, au cours de ce séjour, les relations avec son mari américain, qui travaillait comme analyste à la Bourse, s'étaient détériorées. Sa dépendance à l'alcool s'aggravait d'année en année, et, en outre, il avait une maîtresse à Detroit. Une femme que Satsuki connaissait bien. Ils se mirent à résider séparément et, pendant une année, se livrèrent à un violent échange de reproches, par avocats interposés.

— L'élément le plus décisif pour moi, affirma son mari, c'est que tu n'as jamais voulu avoir d'enfant.

Trois ans plus tôt, ils étaient enfin parvenus à se mettre d'accord sur les modalités de divorce mais, à peine quelques mois plus tard, survint un incident malheureux : quelqu'un démolit les vitres et les phares de la Honda Accord de Satsuki, garée dans le parking du CHU, et écrivit sur le capot à la peinture blanche : *JAP CAR*. Satsuki appela la police. Le grand policier noir envoyé sur place pour prendre note de sa déposition eut ce commentaire malheureux :

— Docteur, ici, on est à Detroit. La prochaine fois, achetez-vous une Ford Taurus.

Cet incident dégoûta définitivement Satsuki de vivre aux États-Unis. Elle décida de rentrer au Japon. Elle trouva même un poste dans un CHU de Tokyo.

— Vous ne pouvez pas faire ça maintenant, juste au moment où nos recherches vont porter leur fruits, après toutes ces longues années, lui dit un collègue indien qui tentait de la faire revenir sur sa décision. Si nous réussissons maintenant, même le prix Nobel ne sera plus un rêve inaccessible.

Mais rien n'aurait pu empêcher Satsuki de retourner au Japon. Quelque chose en elle était cassé.

Une fois la conférence finie, Satsuki resta seule à Bangkok. Elle avait réussi à programmer ses congés juste après la conférence et annonça à tous ses collègues qu'elle comptait se reposer une semaine dans une station touristique proche de Bangkok. Elle lirait, nagerait, boirait des cocktails glacés au bord de la piscine. Les avis furent unanimes : c'était une excellente idée.

— Il faut parfois prendre le temps de souffler dans la vie. C'est bon même pour la thyroïde, lui dit-on.

Elle échangea des poignées de main avec ses amis, les serra dans ses bras, ils se séparèrent tous en promettant de se revoir bientôt.

Le lendemain matin, à la première heure, la limousine que Satsuki avait commandée s'arrêtait devant l'hôtel pour venir la chercher. C'était une Mercedes bleu marine de forme classique, à la carrosserie parfaitement astiquée, belle comme un joyau, impeccable à l'intérieur également. Elle était bien plus belle qu'une voiture neuve. On aurait dit un fantasme issu d'une imagination complètement hors de la réalité. Le chauffeur, un Thaï émacié qui faisait également office de guide, devait avoir soixante ans passés. Il portait une chemisette blanche amidonnée à manches courtes, une cravate de soie noire, et des lunettes noires très sombres. Il avait le teint hâlé, un port de tête altier, le cou allongé. Pour saluer Satsuki, il se tint debout devant elle, mains jointes sur la poitrine, et inclina légèrement la tête à la mode japonaise.

— Appelez-moi Nimit. Je vous accompagnerai pendant toute cette semaine, docteur.

Satsuki n'avait pas la moindre idée si Nimit était son nom de famille ou son prénom. Nimit, en tout cas, parlait un anglais extrêmement courtois et facile à comprendre. Il n'avait ni la vulgarité de l'accent américain, ni les intonations hautaines des Anglais. Peut-être n'avait-il pas d'accent du tout, en fait. Il semblait à Satsuki qu'elle avait déjà entendu parler anglais de cette façon quelque part, mais elle ne parvenait pas à se rappeler où.

— Enchantée, dit Satsuki.

Ils traversèrent Bangkok et sa chaleur étouffante, son vacarme incessant, son air pollué, sa circulation intense. Au milieu des files de voitures bloquées dans les embouteillages, les gens s'énervaient, s'insultaient, les klaxons déchiraient l'air comme des sirènes d'alarme annonçant une attaque aérienne. Pour couronner le tout, des éléphants marchaient au milieu de la rue. Et pas seulement un ou deux. Que pouvaient bien faire autant d'éléphants dans cette ville ? demanda Satsuki à Nimit.

— Ce sont les gens de la campagne qui amènent des éléphants à Bangkok, expliqua poliment ce dernier. A l'origine, ces animaux étaient utilisés pour les travaux forestiers. Mais comme on ne peut pas vivre correctement de l'abattage du bois, ceux qui possèdent des éléphants leur apprennent des tours et les amènent à Bangkok dans l'intention de gagner de l'argent en les montrant aux touristes étrangers. C'est pour cette raison que les éléphants sont devenus si nombreux en ville. Cela pose de gros problèmes aux habitants de Bangkok. Il arrive que les éléphants s'emballent quand ils sont effrayés, et ils ont déjà écrasé un certain nombre de voitures. Bien sûr, la police intervient dans ces cas-là, mais les autorités ne peuvent pas enlever un éléphant à son propriétaire, car il n'y a aucun endroit où les mettre, et le fourrage revient ridiculement cher. Alors on laisse les choses en l'état, que voulez-vous ?

La voiture finit par quitter Bangkok et s'engagea sur l'autoroute en direction du nord. Nimit sortit une cassette de la boîte à gants, la mit dans l'autoradio, à faible volume. C'était du jazz. Satsuki reconnut une mélodie qui la rendit nostalgique.

— Pourriez-vous monter un peu le son ? demanda-t-elle.

— A votre service, répondit Nimit, et il augmenta aussitôt le volume.

Le morceau s'appelait *I Can't Get Started*. Satsuki reconnut l'orchestre : celui-là même qu'elle écoutait autrefois.

— Howard McGhee à la trompette, Lester Young au saxophone ténor, murmura-t-elle comme pour elle-même. L'Orchestre JATP.

Nimit lui jeta un coup d'œil dans le rétroviseur.

— Oh, je vois que vous vous y connaissez en jazz, docteur. Vous aimez cette musique ?

— Mon père était un passionné de jazz. Il m'en faisait souvent écouter quand j'étais enfant. Il remettait plusieurs fois le même morceau, jusqu'à ce que je mémorise le nom des musiciens. Si je le répétais correctement, il me donnait un bonbon. Voilà pourquoi je m'en souviens encore aujourd'hui. Mais je ne connais pas les nouveaux jazzmen, je ne connais que les vieux. Lionel Hampton, Bud Powell, Earl Hines, Harry Edison, Buck Clayton...

— Moi aussi, je n'écoute que ces vieux musiciens de jazz. Quel métier faisait votre père, docteur ?

— Il était médecin, comme moi. Pédiatre. Mais il est mort peu après que je suis entrée à l'université.

— Je suis désolé, dit Nimit. Écoutez-vous du jazz aujourd'hui encore, docteur ?

Satsuki secoua la tête.

— Non, cela fait longtemps que je n'en ai pas vraiment écouté. Mon ex-mari détestait le jazz. La seule musique qu'il écoutait, c'était l'opéra. Nous avions une splendide installation stéréo à la maison, mais dès que je mettais autre chose que de l'opéra, il faisait ostensiblement la tête. Les fous d'opéra sont les gens les plus étroits d'esprit que je connaisse. Maintenant, je ne vis plus avec lui, mais je crois que si je ne devais plus jamais écouter d'opéra de ma vie, je n'en serais pas particulièrement chagrinée.

Nimit hocha légèrement la tête mais n'ajouta rien. Il se concentra sur la route devant lui, tenant légèrement le volant de la Mercedes. Il avait une très belle façon de conduire. Il posait toujours les doigts au même endroit sur le volant, bougeait ses mains avec naturel pour changer de vitesse, toujours suivant le même angle. L'autoradio jouait maintenant *I'll Remember April* d'Erroll Garner, un autre morceau qui rappelait des souvenirs nostalgiques à Satsuki. *Concert by the Sea* de Garner était un des disques préférés de son père. Elle ferma les yeux, s'immergea dans ses souvenirs. Jusqu'à la mort de son père, atteint d'un cancer, tout s'était bien déroulé dans sa vie. Il ne lui était jamais rien arrivé de mal. Et puis, brusquement, la scène avait été plongée dans la pénombre. A peine avait-elle eu le temps de se rendre compte que son père ne serait plus jamais là, que tout dans sa vie s'était mis à aller de travers. Comme si le scénario avait soudain complètement changé. Un mois après la mort de son père, sa mère avait tout vendu, la collection de disques, la magnifique chaîne stéréo...

— De quelle région du Japon êtes-vous originaire, docteur ?

— De Kyoto. Mais je n'y ai vécu que jusqu'à mes dix-huit ans, et je n'y suis jamais retournée depuis.

— Kyoto, c'est tout près de Kobe, n'est-ce pas ?

— Ce n'est pas très éloigné, mais pas tout à fait à côté non plus. En tout cas, le tremblement de terre n'a pas fait de dégâts jusque-là, semble-t-il.

Nimit changea de file et doubla à la suite plusieurs gros camions qui transportaient du bétail.

— Tant mieux. Beaucoup de gens sont morts le mois dernier à Kobe. Je l'ai vu aux informations. C'est très triste. Il n'y avait personne faisant partie de vos relations à Kobe, docteur ?

— Non, je ne connais personne qui habite Kobe, je crois, répondit Satsuki.

Mais elle savait que ce n'était pas vrai. Il y avait *cet homme*, qui habitait Kobe.

Nimit se tut un moment. Puis il tourna un peu la tête vers Satsuki et dit :

— Tout de même, les tremblements de terre, c'est étrange. Nous sommes convaincus, intellectuellement, que le sol sous nos pieds est dur et stable. On dit même : « il a les pieds sur terre », pour parler d'une personne solide. Et pourtant un beau jour, soudain, on comprend que tout ça est faux : la terre, les rochers, qui devraient être stables, se tordent dans tous les sens comme du liquide. C'est ce que j'ai entendu dire à la télévision. « Phénomène de liquéfaction » ? C'est bien comme ça qu'on dit ? En Thaïlande, heureusement, il n'y a jamais de gros tremblements de terre.

Satsuki s'adossa à son siège, ferma les yeux. Puis elle se concentra en silence sur la musique d'Erroll Garner. « Ça serait pourtant bien qu'il finisse écrasé comme une crêpe sous quelque chose de bien lourd et bien dur, songea-t-elle, ou encore qu'il ait été avalé par la terre liquéfiée. *C'est exactement ce que j'ai souhaité, pendant si longtemps.* »

La limousine conduite par Nimit arriva à trois heures de l'après-midi à la destination prévue. A midi, il avait fait une pause sur une aire d'autoroute. Satsuki avait bu un café farineux à la cafétéria, mangé la moitié d'un beignet écœurant. L'endroit qu'elle avait choisi pour passer sa semaine de vacances était un grand hôtel de luxe à la montagne. Des bâtiments alignés côte à côte surplombaient un torrent coulant dans un vallon aux pentes couvertes de magnifiques fleurs sauvages aux couleurs vives. Des oiseaux sautaient de branche en branche avec des pépiements aigus. La chambre préparée pour Satsuki était un bungalow indépendant, avec une salle de bains vaste et claire, un élégant lit à baldaquin. Le service fonctionnait vingt-quatre heures sur vingt-quatre, et dans le hall de l'hôtel il y avait une bibliothèque où l'on pouvait emprunter livres, CD et cassettes. L'ensemble, immaculé, avait visiblement coûté beaucoup d'argent, et on n'avait lésiné sur aucun détail.

— Ce long transfert a dû vous fatiguer. Reposez-vous tranquillement, docteur, dit Nimit. Je viendrai vous chercher demain à dix heures pour vous emmener à la piscine. Prenez juste une serviette et un maillot de bain.

— A la piscine ? Mais il y en a une grande dans cet hôtel, non ? C'est ce qu'on m'a dit, en tout cas.

— Il y a beaucoup de monde à la piscine de l'hôtel. M. Rapaport m'a dit que vous pratiquiez la nage comme un sport sérieux, aussi j'ai cherché dans les environs une piscine où vous pourriez faire des longueurs. L'entrée est payante, mais ce n'est pas très cher, et je suis sûr que l'endroit vous plaira.

John Rapaport était un ami américain de Satsuki, il s'était occupé de tous les arrangements de son séjour en Thaïlande. Il avait roulé sa bosse dans le Sud-Est asiatique en tant qu'envoyé spécial d'un quotidien américain, depuis les débuts de l'arrivée au pouvoir des Khmers rouges, et connaissait beaucoup de monde, même en Thaïlande. C'est lui qui avait recommandé Nimit à Satsuki, comme chauffeur et comme guide. « Tu n'auras à t'occuper de rien. Si tu laisses Nimit diriger les opérations sans rien dire, tout se passera merveilleusement bien. C'est un sacré personnage, ce Nimit, tu sais », avait dit Rapaport sur un ton badin.

— Très bien, dit Satsuki à son guide, je me fie à vous, alors.

— A demain, dix heures.

Satsuki défit ses bagages, rangea ses robes et ses jupes sur des cintres pour les défroisser, puis se mit en maillot de bain et se rendit à la piscine. Nimit avait raison : on ne pouvait pas nager sérieusement dans un bassin pareil. Il était en forme de poire, avec une magnifique cascade au milieu, et des enfants qui jouaient au ballon dans la partie réservée au petit bain. Renonçant à nager, Satsuki s'allongea sous un parasol, commanda un Tio Pepe coupé au Perrier, et se plongea dans le dernier roman de John Le Carré qu'elle venait de commencer. Quand elle fut fatiguée de lire, elle se couvrit le visage de son chapeau et dormit un peu. Elle rêva d'un lapin. Un rêve très bref. Un lapin tremblait au milieu d'une cabane entourée de grillage. C'était en pleine nuit et le lapin avait peur, pressentant un événement terrible. Au début, Satsuki observait le lapin de l'extérieur mais elle se rendit compte soudain qu'elle était elle-même devenue cet animal. Dans les ténèbres, elle reconnut vaguement la forme de cette *chose* terrible qui allait se produire. Elle se réveilla avec un arrière-goût désagréable dans la bouche.

Elle savait qu'*il* habitait Kobe. Elle connaissait même son adresse et son numéro de téléphone. Jamais elle ne l'avait perdu de vue. Juste après le tremblement de terre, elle avait essayé d'appeler chez lui mais, naturellement, toutes les lignes étaient coupées. Elle espéra de tout cœur que sa maison était écrabouillée sous les décombres. Que lui et tout le reste de la famille erraient sur les routes, complètement démunis. « Ce ne serait que justice, si on songe au cataclysme que tu as apporté dans ma vie, et à ce que tu as fait aux enfants que *j'aurais dû* mettre au monde... »

La piscine que Nimit avait trouvée était située à une demi-heure de voiture de l'hôtel. Il fallait traverser une montagne et se rendre dans la vallée voisine. Près du sommet de la montagne il y avait une forêt où vivaient de nombreux singes. Ces singes à la fourrure grise, assis côte à côte au beau milieu de la route, regardèrent passer la voiture avec des yeux perçants de diseurs de bonne aventure.

La piscine était située au milieu d'un vaste terrain un peu énigmatique entouré d'une haute enceinte, dont un lourd portail d'acier protégeait l'entrée. Nimit baissa sa vitre et salua le gardien, qui lui ouvrit aussitôt sans un mot. Ils suivirent une allée couverte de gravier et parvinrent devant un vieux bâtiment de pierre à un étage, à l'arrière duquel se trouvait la piscine. C'était un bassin traditionnel rectangulaire de vingt-cinq mètres, divisé en trois couloirs, un peu délabré, mais avec une eau magnifique, qu'aucun nageur ne troublait. On ne voyait pas non plus âme qui vive dans le parc arboré qui l'entourait, ni sur les quelques vieilles chaises longues alignées sur la pelouse au bord de la piscine. Ces lieux respiraient un calme extraordinaire, on n'y sentait pas trace de présence humaine.

— Cela vous plaît ? demanda Nimit.

— C'est splendide, répondit Satsuki. L'endroit appartient à un club de sport ?

— En quelque sorte. Mais les circonstances ont fait que pratiquement personne ne l'utilise plus aujourd'hui. Par conséquent, vous pouvez nager seule aussi longtemps qu'il vous plaira. J'ai tout arrangé.

— Merci beaucoup. Vous êtes vraiment efficace.

— C'est tout naturel, répondit Nimit en s'inclinant d'un air inexpressif.

Il avait vraiment des manières surannées.

— Le petit bungalow là-bas sert de vestiaire, et vous y trouverez également des toilettes et une douche, que vous pouvez utiliser librement. Je vous attendrai près de la voiture, vous n'aurez qu'à m'appeler si vous avez besoin de quoi que ce soit.

Satsuki adorait la natation depuis son plus jeune âge et allait à la piscine de son club de gym chaque fois que son emploi du temps le lui permettait. Elle avait appris à nager correctement avec un entraîneur. C'était la seule activité qui lui permettait de chasser de son esprit les nombreux souvenirs déplaisants qu'il contenait, et quand elle nageait longtemps elle se sentait libre comme un oiseau dans le ciel. Grâce à cet exercice pratiqué régulièrement, elle n'avait jamais été malade, n'avait jamais dû s'aliter et se sentait toujours en forme. Elle n'avait pas non plus de graisse superflue. Naturellement, son corps n'était plus aussi ferme que quand elle était jeune, et, sur les hanches particulièrement, des bourrelets commençaient à faire leur apparition, sans qu'elle pût rien faire pour l'empêcher. Cependant, elle n'était pas trop enveloppée. De toute façon, elle n'avait pas l'intention de devenir mannequin, et il y avait des limites à tout. Elle paraissait cinq ans de moins que son âge et estimait que c'était déjà un exploit en soi.

A midi, Nimit lui apporta du thé glacé et des sandwiches sur un plateau d'argent. Des canapés aux crudités et au fromage, joliment découpés en triangle.

— C'est vous qui les avez préparés ? demanda Satsuki, surprise.

L'expression de Nimit s'altéra légèrement à cette question.

— Non, docteur, malheureusement je ne sais pas cuisiner. Je les ai commandés.

« A qui ? » faillit demander Satsuki, puis elle se rappela ce qu'avait dit Rapaport : si tu laisses Nimit diriger les opérations sans rien dire, tout se passera merveilleusement bien.

Les sandwiches étaient délicieux. Après avoir mangé, Satsuki se reposa un moment, en écoutant, sur le baladeur qu'elle avait spécialement apporté pour l'occasion, une cassette du Benny Goodman Sextet empruntée à Nimit, et en lisant la suite de son roman. L'après-midi, elle nagea à nouveau, et à trois heures ils reprirent le chemin de l'hôtel.

Le même programme se répéta les cinq jours suivants. Satsuki nageait tout son content, mangeait des sandwiches au fromage et aux crudités, écoutait de la musique, lisait. En dehors de la piscine, elle n'allait nulle part. Tout ce à quoi elle aspirait, c'était un repos complet et, surtout, faire le vide dans ses pensées.

Personne d'autre qu'elle ne venait nager. Ce bassin situé dans les montagnes était peut-être alimenté par des nappes souterraines ? L'eau était si fraîche que Satsuki en avait la respiration coupée quand elle commençait à nager, puis, au bout de quelques allers et retours, son corps se réchauffait et la température devenait parfaite. Quand elle était fatiguée de nager le crawl, elle enlevait ses lunettes et nageait sur le dos. Des nuages blancs flottaient dans le ciel, traversé par des oiseaux et des libellules. « Si seulement je pouvais continuer à faire ça toute ma vie », songeait Satsuki.

— Où avez-vous appris l'anglais, Nimit ? demanda un jour Satsuki sur le chemin du retour.

— J'ai travaillé comme chauffeur à Bangkok pendant trente-trois ans pour un joaillier norvégien, et j'ai toujours parlé anglais avec lui.

— Je vois, dit Satsuki.

Et, à la réflexion, il était vrai que Nimit parlait anglais exactement avec le même accent qu'un collègue danois qu'elle avait eu à l'hôpital de Baltimore. La grammaire était précise, l'accent très peu prononcé, il n'employait jamais d'argot. C'était un anglais facile à comprendre, pur, mais manquant légèrement d'attrait. « Tout de même, songea-t-elle, c'est étrange de devoir venir en Thaïlande pour entendre parler anglais avec l'accent scandinave. »

— Cet homme était grand amateur de jazz, et il ne se déplaçait jamais en voiture sans ses cassettes. C'est ainsi que je me suis familiarisé tout naturellement avec le jazz. Quand mon patron est mort, il y a trois ans, j'ai hérité de sa voiture et de toute la musique à l'intérieur. C'est une de ses cassettes que vous écoutez en ce moment.

— C'est après le décès de votre patron que vous êtes devenu indépendant et vous êtes mis à exercer cette profession de guide-chauffeur pour les touristes, n'est-ce pas ?

— Exactement, répondit Nimit. Il y a beaucoup de guides-chauffeurs en Thaïlande, mais je suis un des rares à posséder une Mercedes !

— Votre patron devait avoir une grande confiance en vous.

Nimit resta silencieux un long moment. Il semblait hésiter sur la manière de répondre à cette remarque. Il déclara finalement :

— Vous savez, docteur, je suis célibataire. Je ne me suis jamais marié. Autrement dit, j'ai vécu dans l'ombre de cet homme pendant trente ans. Je l'ai accompagné partout où il allait, je l'ai aidé dans toutes ses activités. J'étais devenu une partie de lui, en quelque sorte. Quand on mène longtemps ce genre de vie, on finit par ne plus savoir ce que l'on désire réellement soi-même.

Nimit augmenta un peu le volume de la stéréo. Un saxophone ténor au son rauque poursuivait son solo.

— Tenez, cette musique, par exemple. Il me disait : « Écoute bien cette musique, Nimit. Il faut suivre attentivement une par une chaque ligne d'improvisation de Coleman Hawkins. Tends bien l'oreille à ce qu'il essaie de nous dire à travers ces sons. C'est l'histoire d'une âme libre qui essaie de s'échapper de sa poitrine. Cette âme, elle existe en moi aussi, et en toi. Écoute, et tu pourras entendre son écho. Un souffle chaud, un cœur qui palpite. » Et moi, j'écoutais encore et encore cette musique, je tendais l'oreille, et j'arrivais à entendre l'écho de l'âme qui s'exprimait à travers les notes. Mais je ne suis pas sûr que ce soit vraiment mes oreilles à moi qui l'aient entendu. Quand on vit longtemps auprès d'une personne, qu'on obéit à ses ordres, on finit en un sens par être soudé jusqu'à ne plus faire qu'un avec elle. Comprenez-vous ce que je veux dire, docteur ?

— Je crois, répondit Satsuki.

En écoutant les confidences de Nimit, il lui vint soudain à l'esprit que le lien qui unissait le chauffeur thaï à son patron norvégien était peut-être de nature homosexuelle. Naturellement, ce n'était qu'une supposition intuitive, sans plus. Cela n'avait aucun fondement. Mais il semblait à Satsuki que sous cette optique elle pouvait mieux comprendre ce que voulait dire Nimit.

— Pourtant, je n'ai aucun regret, poursuivit ce dernier. Si on me donnait ma vie à refaire depuis le début, je recommencerais la même chose. Exactement la même chose. Et vous, docteur, que feriez-vous ?

— Je ne sais pas, Nimit, dit Satsuki. Je n'en ai pas la moindre idée.

Nimit n'ajouta rien. Ils traversèrent la montagne aux singes gris et rentrèrent à hôtel.

Le lendemain, c'était le dernier jour avant le départ de Satsuki, et, en rentrant de la piscine, Nimit fit un détour par un village des environs.

— Docteur, j'ai une demande à vous faire, avait-il dit en regardant sa cliente dans le rétroviseur, une demande personnelle.

— De quoi peut-il bien s'agir ?

— Acceptez-vous de m'accorder une heure de votre temps ? Il y a un endroit que j'aimerais vous faire visiter.

— Si vous voulez, répondit Satsuki.

Elle ne demanda même pas de quel endroit il s'agissait. Depuis un moment déjà, elle avait décidé de confier à Nimit le soin de tout organiser.

La femme qu'il l'emmena voir vivait dans une petite cabane tout au bout du village, un peu à l'écart. C'était un village pauvre, une maison pauvre. Des rizières emplies d'eau s'étageaient en terrasses le long des pentes, des buffles maigres, au cuir sale, erraient ici et là. La route était pleine de flaques d'eau, l'air était imprégné d'une odeur de bouse. Un chien au sexe pendant traversa la route, une moto de cinquante centimètres cubes les dépassa en pétaradant et en soulevant des gerbes de boue. Des enfants presque nus regardaient passer la Mercedes, alignés sur le bord de la route. Satsuki s'étonnait qu'il ait pu y avoir un village d'une telle pauvreté si près de l'hôtel de luxe où elle logeait et qu'elle en s'en soit pas aperçue jusqu'alors.

La femme était vieille, elle devait avoir près de quatre-vingts ans. Sa peau était noircie et fripée comme un vieux parchemin, tout son corps était raviné de rides profondes. Elle marchait courbée en deux, et était vêtue d'une robe à motif fleuri qui n'était pas à sa taille et qui semblait pendre autour d'elle. En la voyant, Nimit joignit respectueusement les deux mains, et la vieille lui rendit un salut identique.

Satsuki s'assit en face d'elle de l'autre côté de la table, Nimit près d'elle. Les deux Thaïs commencèrent par parler un moment tous les deux. La vieille avait une voix dynamique pour son âge, et apparemment elle possédait encore la plupart de ses dents. Au bout d'un moment, elle se pencha profondément en avant pour fixer Satsuki dans les yeux. Elle avait un regard perçant, qui ne cillait pas, sous l'emprise duquel Satsuki se sentit devenir nerveuse comme un petit animal pris au piège dans une pièce étroite et aux issues bouchées. Elle se rendit compte qu'elle suait de tous ses pores. Son visage était en feu, sa respiration saccadée, elle avait envie de sortir une pilule hormonale de son sac et de l'avaler sur-le-champ. Mais elle n'avait pas d'eau. Elle avait laissé la bouteille d'eau minérale dans la voiture.

— Posez les deux mains sur la table, dit Nimit.

Satsuki obtempéra. La vieille femme tendit le bras, saisit la main droite de Satsuki dans la sienne, petite et forte, et ne la lâcha plus. Elle resta ainsi sans rien dire pendant une dizaine de minutes (du moins est-ce l'impression qu'eut Satsuki, en réalité, cela ne dura peut-être pas plus de deux ou trois minutes), les yeux au fond des siens. Satsuki lui rendait son regard. Elle se sentait vidée de ses forces, et épongeait de temps en temps la sueur de son visage avec le mouchoir qu'elle tenait dans sa main gauche. Au bout d'un moment, la vieille femme poussa un profond soupir et relâcha la main de Satsuki. Puis elle se tourna vers Nimit et lui parla longuement en thaï. Nimit traduisit ensuite en anglais :

— Elle dit qu'il y a une pierre au fond de votre corps. Une pierre blanche et dure. De la taille d'un poing d'enfant. Elle ne sait pas d'où elle vient.

— Une pierre ? répéta Satsuki.

— Il y a des caractères inscrits dessus, mais comme c'est en japonais, elle ne peut pas les déchiffrer. Il y a quelque chose d'écrit en noir, à l'encre de Chine, en tout petits caractères. C'est une pierre assez ancienne, vous avez dû vivre de longues années en la portant en vous. Il faut que vous jetiez cette pierre quelque part. Sinon, quand vous serez morte et qu'on vous aura incinérée, la pierre demeurera.

La vieille femme se tourna cette fois vers Satsuki et parla à nouveau un moment en thaï, lentement. A l'écho de sa voix, Satsuki comprenait qu'elle disait quelque chose d'important. A nouveau, Nimit traduisit :

— Bientôt, vous allez rêver d'un grand serpent. Il sortira lentement d'un trou dans un mur. Un serpent vert, couvert d'écailles. Quand il sera à un mètre de vous environ, il faudra le saisir par le cou. Surtout, tenez-le fermement et ne le lâchez pas. Au premier coup d'œil, il sera effrayant mais ce n'est pas un serpent néfaste, il n'apportera aucun mal, aussi, il ne faut pas en avoir peur. Tenez-le fermement des deux mains. Tenez-le de toutes vos forces, en pensant que c'est votre vie même. Tenez-le ainsi jusqu'à ce que vous vous réveilliez. C'est ce serpent qui avalera la pierre qui est en vous. Vous avez compris ?

— Mais, que... ?

— Répondez seulement : « J'ai compris », intima Nimit d'une voix grave.

— Bien, j'ai compris, dit Satsuki.

La vieille femme hocha paisiblement la tête, puis elle dit encore quelques phrases qui s'adressaient à Satsuki.

— *L'homme* n'est pas mort, traduisit Nimit. Il n'a pas eu une seule blessure. Ce n'est peut-être pas ce que vous souhaitiez, mais c'est une chance pour vous. Remerciez le ciel pour votre chance.

La vieille femme ajouta quelques brèves syllabes.

— C'est fini, dit Nimit. Rentrons à l'hôtel.

— C'est une sorte de voyante ? demanda Satsuki à Nimit une fois dans la voiture.

— Pas exactement, docteur. Elle soigne le cœur des gens, tout comme vous soignez leurs corps. Et en outre, elle prédit les rêves.

— Dans ce cas, j'aurais dû lui laisser de l'argent pour la remercier. J'ai complètement oublié, c'était tellement soudain, et j'étais si surprise de ce qu'elle m'a dit !

Nimit négocia un virage en épingle à cheveux en tournant le volant avec sa précision habituelle, puis répondit :

— Je lui ai laissé de l'argent. Ce n'est pas un montant très important, ne vous faites pas de souci. Prenez cela comme une petite marque de sympathie de ma part, un geste personnel.

— Emmenez-vous tous vos clients chez cette femme ?

— Pas du tout, docteur, vous êtes la seule.

— Mais pourquoi ?

— Vous êtes une belle personne, docteur. Lucide, forte. Mais on dirait que vous traînez toujours votre cœur après vous. Désormais, il faut que vous vous prépariez à mourir en paix. A l'avenir, si vous consacrez toutes vos forces uniquement à vivre, vous ne pourrez pas mourir comme il faut le moment venu. Il faut changer la direction petit à petit. Vivre et mourir ont une importance égale en un sens, vous savez, docteur...

— Dites, Nimit... fit Satsuki en enlevant ses lunettes de soleil et en se penchant en avant.

— Docteur ?

— Vous, vous êtes préparé à mourir en paix ?

— Moi, je suis déjà à demi mort, docteur, répondit Nimit comme s'il énonçait une évidence.

Cette nuit-là, Satsuki pleura dans son grand lit bien propre. Elle reconnut qu'elle devait désormais se préparer à aller petit à petit vers la mort. Elle reconnut qu'elle avait une pierre blanche et dure au fond d'elle-même. Elle reconnut qu'un serpent aux écailles vertes l'attendait quelque part, tapi dans les ténèbres. Elle pensa à l'enfant qui n'était pas né. Elle avait détruit cet enfant, l'avait jeté dans un puits sans fond. Et pendant trente ans, elle avait haï *cet homme*. Elle avait souhaité qu'il meure dans d'atroces souffrances. Elle avait même espéré du fond du cœur que survienne pour cela un tremblement de terre. En un sens, c'était elle-même qui avait provoqué ce séisme sur Kobe. « Cet homme a changé mon cœur en pierre, mon corps en pierre. » Au loin, dans les montagnes, les singes gris la contemplaient en silence. *Vivre et mourir ont une importance égale en un sens, docteur...*

Après avoir enregistré ses bagages au comptoir de l'aéroport, Satsuki tendit à Nimit une enveloppe contenant un billet de cent dollars.

— Merci pour tout, dit-elle. Grâce à vous, j'ai pu passer des vacances très agréables. Voici un petit cadeau de ma part.

— Je vous remercie de votre gentillesse, docteur, dit Nimit en acceptant l'enveloppe.

— Dites, Nimit, avez-vous le temps de boire un café avec moi quelque part ?

— Avec plaisir.

Tous deux entrèrent à la cafétéria, commandèrent deux cafés. Satsuki le prit noir, Nimit ajouta une grande quantité de crème au sien. Satsuki fit longuement tourner sa tasse sur la soucoupe. Elle finit par se lancer et se tourna vers Nimit :

— A vrai dire, commença-t-elle, j'ai un secret que je n'ai jamais avoué à personne jusqu'ici. J'ai vécu en le gardant seule. Mais aujourd'hui, je voudrais vous le confier. C'est sans doute parce que je ne vous reverrai probablement jamais. Mon père est mort soudainement alors que j'étais encore jeune, et ma mère, sans m'en dire un mot, a aussitôt...

Nimit tendit ses deux paumes vers Satsuki, puis secoua la tête plusieurs fois :

— Docteur, je vous en prie, ne m'en dites pas davantage. Attendez le rêve, comme vous l'a dit la femme au village. Je comprends ce que vous ressentez, mais quand on met les émotions en mots, elles deviennent des mensonges.

Satsuki ravala ses confidences, ferma les yeux en silence. Elle inspira profondément, expira de même.

— Attendez le rêve, docteur, répéta gentiment Nimit comme pour la persuader. La patience est nécessaire pour le moment. Abandonnez les mots. Les mots se transforment en pierres.

Il tendit la main, prit tranquillement celle de Satsuki dans la sienne. Le contact de sa peau étonnamment lisse donnait une sensation de jeunesse. Comme si sa main avait toujours été protégée par un gant de cuir extra-fin, de qualité supérieure. Satsuki rouvrit les yeux, regarda Nimit. Il relâcha sa main, croisa les doigts sur la table.

— Mon patron norvégien était originaire de Laponie, dit-il. Vous le savez sans doute, mais la Laponie est la province la plus septentrionale de la Norvège. On y trouve beaucoup de rennes. En été, la nuit ne tombe jamais, et en hiver, il n'y a pas de jour. Il est sans doute venu en Thaïlande pour échapper aux rigueurs du climat de son pays. C'est un endroit qui est exactement à l'opposé de la Thaïlande, si l'on peut dire. Il aimait vraiment la Thaïlande et avait décidé que c'est là qu'il reposerait. Mais jusqu'au jour de sa mort, il est resté nostalgique de la ville de Laponie où il était né et avait passé son enfance. Il me parlait souvent de cette petite ville. Malgré cela, pendant trente ans, il n'est pas retourné une seule fois en Norvège. Je pense qu'il avait vécu des choses un peu particulières là-bas, c'est pour cela qu'il ne voulait pas y retourner. Lui aussi, il avait une pierre au fond de lui.

Nimit souleva sa tasse pour boire une gorgée de café, puis la reposa soigneusement sur la soucoupe sans faire de bruit.

— Il m'a parlé des ours polaires, une fois. Il m'a expliqué à quel point c'était des créatures solitaires : ils ne s'unissent qu'une fois par an. Une seule fois ! Dans leur monde, les relations de couple n'existent pas. Sur la grande terre glacée de Laponie, un ours mâle rencontre fortuitement une ourse, et ils copulent. Pas très longuement, d'ailleurs. Dès que l'acte est terminé, le mâle s'écarte rapidement de la femelle comme s'il avait peur, et s'enfuit en courant du lieu de leurs amours. Il se sauve littéralement à toutes jambes, sans se retourner une seule fois. Ensuite, il passe à nouveau une année entière dans la plus grande solitude. La communication mutuelle n'existe absolument pas chez ces animaux. Pas plus que le rapprochement des cœurs. Voilà à quoi ressemble la vie d'un ours blanc. Du moins, d'après ce que mon patron m'a raconté.

— Quelle vie étrange, en effet, dit Satsuki.

— Une vie étrange, certainement, renchérit Nimit, le visage grave. Quand mon patron m'a raconté cette histoire, je lui ai demandé : « Mais alors, dans quel but les ours polaires vivent-ils ? » Il a souri comme si j'exprimais exactement ce qu'il ressentait, et m'a répondu par une autre question : « Et nous, Nimit, *nous*, dans quel but vivons-nous ? »

L'avion avait décollé et le signal lumineux des ceintures de sécurité venait de s'éteindre. « Une fois de plus, je m'apprête à rentrer au Japon », songea Satsuki. Elle essaya de penser à ce qu'elle allait faire une fois de retour, puis y renonça. « Les mots se transforment en pierres », avait dit Nimit. Satsuki s'enfonça profondément dans son siège, ferma les yeux. Puis elle se remémora la couleur du ciel quand elle nageait sur le dos dans la piscine déserte de Thaïlande. Elle se rappela aussi la mélodie de *Souvenirs d'avril* d'Erroll Garner. « Je vais dormir un peu, se dit-elle. Oui, voilà ce que je dois faire. Dormir. Et attendre le rêve. »

Crapaudin sauve Tokyo

En rentrant du bureau ce soir-là, Katagiri trouva chez lui une énorme grenouille qui l'attendait. Dressée sur ses deux pattes arrière, elle faisait bien deux mètres de haut. Et elle était plutôt corpulente aussi. Katagiri, avec son mètre soixante et sa faible carrure, se sentit écrasé par une apparence aussi imposante.

— Appelez-moi Crapaudin, tout simplement, dit la bestiole d'une voix qui portait loin.

Katagiri en perdit la sienne et resta figé sur place dans l'entrée, bouche bée.

— Ne soyez donc pas si surpris. Je ne vous veux aucun mal. Entrez et fermez la porte, dit Crapaudin.

Mais Katagiri, son porte-documents dans la main droite, et dans la gauche son sac de courses du super-marché, contenant des légumes et une boîte de sardines, n'avançait pas d'un centimètre.

— Allons, monsieur Katagiri, fermez donc vite cette porte, et déchaussez-vous.

En s'entendant appeler par son nom, Katagiri reprit quelque peu ses esprits. Il suivit les conseils de Crapaudin, ferma la porte, posa son sac de courses par terre, enleva ses chaussures en gardant son porte-documents suspendu à son bras. Puis, toujours à l'invitation de Crapaudin, il s'assit sur une chaise devant la table de la cuisine.

— Écoutez, monsieur Katagiri, commença Crapaudin, je m'excuse de m'être introduit chez vous sans prévenir pendant votre absence. Vous devez être sidéré, je le conçois. Mais je ne pouvais pas faire autrement. Que diriez-vous d'une petite tasse de thé, hein ? Je me disais que vous n'alliez pas tarder à rentrer, et j'ai pris la liberté de faire bouillir de l'eau.

Katagiri serrait toujours son porte-documents contre lui sans faire un geste. « C'est peut-être une plaisanterie d'un nouveau genre, se disait-il. Quelqu'un s'est déguisé et a mis cet énorme costume de grenouille juste pour me faire une blague. » Mais les mouvements et l'allure de Crapaudin, présentement occupé à verser de l'eau dans la théière en fredonnant un petit air, étaient bien ceux d'un authentique batracien. Crapaudin posa une tasse devant Katagiri, une autre devant lui.

— Vous avez un peu retrouvé votre calme ? demanda-t-il en aspirant son thé à petites gorgées.

Katagiri n'avait pas encore récupéré sa voix.

— Normalement, j'aurais dû prendre rendez-vous avant de venir, poursuivit Crapaudin, je comprends le choc que ma visite vous cause, monsieur Katagiri. N'importe qui serait surpris de rentrer chez lui et de trouver un gros crapaud en train de l'attendre. Cependant, il s'agit d'une affaire urgente et de la première importance. C'est pourquoi je vous prie de pardonner mon incivilité.

— Affaire urgente ?

Tels furent les premiers mots qui franchirent enfin les lèvres de Katagiri.

— Oui, monsieur Katagiri. Jamais je ne me permettrais de pénétrer chez les gens sans y être invité, si une affaire urgente ne m'y obligeait. Je ne suis pas grossier à ce point, tout de même.

— Cette affaire a-t-elle un rapport avec mon travail ?

— La réponse est *yes*, monsieur Katagiri, et en même temps *no*, dit Crapaudin en penchant la tête. *No* et *yes*, voyez-vous.

« Bon, là, il devient urgent que je me calme », songea Katagiri.

— Ça ne vous dérange pas si je fume ? fit-il à voix haute.

— Mais pas du tout, pas du tout, répondit Crapaudin d'un air patelin. Vous êtes chez vous, tout de même. Je n'ai pas à vous interdire quoi que ce soit. Fumez, buvez, sentez-vous libre de faire ce que bon vous semble. Moi-même, je ne fume pas, mais je ne suis pas impoli au point d'affirmer les droits des non-fumeurs dans la demeure d'autrui.

Katagiri tira son paquet de cigarettes de sa poche, craqua une allumette. En allumant sa cigarette, il se rendit compte que ses mains tremblaient. Crapaudin, assis en face de lui, observait avec un profond intérêt la série de gestes qu'il accomplissait.

— Vous ne feriez pas partie d'un syndicat du crime, par hasard ? osa enfin demander Katagiri.

Crapaudin éclata d'un grand rire clair, puis se frappa les cuisses de ses mains palmées :

— Ha ha ha ha ha ! Vraiment, vous ne manquez pas d'un certain sens de l'humour, monsieur Katagiri ! C'est vrai, quoi, quel que soit le manque de main-d'œuvre de nos jours, quelle association de voyous irait recruter une grenouille, hein, je vous le demande ? Cela ferait d'eux l'objet de la risée générale, non ?

— Si vous êtes venu négocier un remboursement, vous perdez votre temps, dit sèchement Katagiri. Je n'ai pas le moindre pouvoir de décision individuel en la matière. Je me contente d'agir en fonction des ordres que je reçois de mes supérieurs hiérarchiques. Je ne peux vous être d'aucune utilité, sous quelque forme que ce soit.

— Écoutez, monsieur Katagiri, dit Crapaudin en levant un doigt en l'air, je ne suis pas venu vous voir pour ce genre de vétilles. Je sais que vous êtes assistant du chef du département des Emprunts de la branche de Shinjuku de la Banque de Sécurité et de Confiance de Tokyo. Cependant, ma visite n'a aucun rapport avec un quelconque remboursement d'emprunt. Si je suis venu vous voir, c'est pour sauver Tokyo d'un anéantissement total.

Katagiri regarda autour de lui. Il était peut-être victime d'un gag de grande envergure comme la Caméra cachée ou quelque chose de ce genre. Mais il ne vit de caméra nulle part. Et son appartement était tout petit, il n'y avait aucun endroit où se dissimuler.

— Il n'y a personne ici en dehors de vous et moi, monsieur Katagiri. Vous devez vous dire que je suis un crapaud complètement fou. Ou que vous êtes en train de rêver tout éveillé. Mais je ne suis pas fou, et vous ne rêvez pas. Ceci est une affaire extrêmement sérieuse.

— Écoutez, monsieur Crapaudin...

— Crapaudin tout court, rectifia la grenouille en levant à nouveau un doigt.

— Écoutez, Crapaudin, reprit Katagiri, ce n'est pas que je ne vous crois pas. Mais je ne saisis pas très bien. Je ne comprends pas ce qui se passe ici, voyez-vous. Est-ce que je peux vous poser quelques questions ?

— Mais bien sûr, mais bien sûr, dit Crapaudin. C'est important d'arriver à se comprendre. D'aucuns vous diront que la compréhension n'est jamais que la somme des malentendus, et je trouve moi-même ce point de vue fort intéressant mais malheureusement, pour le moment, nous n'avons guère le temps de nous prêter à des digressions, si agréables soient-elles, et si nous pouvons parvenir à une compréhension mutuelle par le plus court chemin, cela n'en sera que mieux. Par conséquent, posez-moi toutes les questions que vous voulez.

— Pour commencer, vous êtes une vraie grenouille, n'est-ce pas ?

— Bien sûr, comme vous pouvez le constater, je suis un authentique batracien. Je ne suis ni une métaphore, ni une allusion, ni une image de synthèse, ni quoi que ce soit d'aussi compliqué. Je suis une vraie grenouille. Vous voulez que je coasse un peu pour voir ?

Crapaudin leva la tête vers le plafond et se mit à actionner les muscles de son énorme gosier. *Geeko, ugukku, geeeekoooo, ugukku.* Sa voix de stentor faisait trembler les cadres accrochés au mur.

— Merci, merci, j'ai compris, se hâta de dire Katagiri.

Son appartement était du genre bon marché, avec des murs peu épais en contreplaqué.

— Ça va, vous êtes une vraie grenouille.

— On peut aussi dire que je suis la somme totale de toutes les grenouilles. Mais même dans ce cas, cela ne change rien au fait que je suis une grenouille. Si quelqu'un s'avisait de prétendre le contraire, ce serait un sale menteur, que je me ferais un plaisir de réduire en bouillie !

Katagiri hocha la tête. Puis, pour reprendre un peu son calme, il saisit sa tasse et but une gorgée de thé.

— Et vous avez bien dit que vous vouliez sauver Tokyo de la destruction ?

— Je l'ai dit, en effet.

— De quel genre de destruction s'agit-il ?

— Un tremblement de terre, répondit Crapaudin de sa voix caverneuse.

Katagiri le regarda, bouche ouverte. Crapaudin lui rendit son regard, sans rien dire, lui non plus. Tous deux se regardèrent ainsi un moment en chiens de faïence, puis Crapaudin reprit :

— Un énorme, un gigantesque tremblement de terre, qui secouera Tokyo le 18 février à huit heures du matin. Autrement dit, dans trois jours. Ce sera une secousse beaucoup plus importante que celle de Kobe le mois dernier. On prévoit que ce séisme fera au moins cent cinquante mille morts. La plupart des victimes mourront dans des accidents en rapport avec la circulation de l'heure de pointe du matin : des déraillements et des collisions de trains, des effondrements d'autoroutes, des chutes de véhicules du haut des voies aériennes, des explosions de camions-citernes. Les immeubles seront transformés en tas de briques, sous lesquels les gens périront écrasés. Des incendies se déclareront un peu partout. Le réseau routier sera entièrement détruit, les ambulances et les camions de pompiers feront figure de gadgets inutiles. Les gens mourront en masse, pour rien, c'est tout. Cent cinquante mille morts, vous dis-je ! Ce sera l'enfer. Les autorités devront enfin reconnaître à quel point l'état concentrationnaire des grandes villes est devenu dangereux.

Tout en parlant, Crapaudin secouait légèrement la tête.

— L'épicentre sera situé tout près de la mairie de Shinjuku, ce sera une secousse verticale.

— Près de la mairie de Shinjuku ?

— Juste au-dessous des bureaux de la branche de Shinjuku de la Banque de Sécurité et de Confiance de Tokyo, pour être précis.

Un silence pesant s'ensuivit.

— Et donc, si je comprends bien, dit enfin Katagiri, vous voulez empêcher ce tremblement de terre ?

— Exactement, dit Crapaudin en hochant la tête. C'est tout à fait cela. Et pour cela, il me faudra descendre avec vous, monsieur Katagiri, dans les sous-sols des locaux de la branche de Shinjuku de la Banque de Sécurité et de Confiance de Tokyo, pour un combat à mort contre Lelombric.

En tant qu'employé du département des Emprunts de la branche de Shinjuku de la Banque de Sécurité et de Confiance de Tokyo, Katagiri avait eu l'occasion de traverser diverses épreuves. Il était entré à la Banque de Sécurité et de Confiance de Tokyo à sa sortie de l'université, et menait depuis seize ans un combat quotidien au département administratif des Emprunts. Autrement dit, il était chargé des recouvrements. Ce n'était pas un poste très populaire. Tout le monde préférait travailler au département d'Accord des Prêts. En tout cas, à l'époque de la bulle spéculative, c'était ainsi. Durant cette période où l'argent coulait à flots, les responsables financiers prêtaient pratiquement autant d'argent qu'on leur en demandait dès qu'il s'agissait d'actions ou de terrains que l'on pouvait hypothéquer. Plus les crédits accordés étaient gros, mieux c'était pour la réputation de la banque. Mais certains créanciers s'avéraient insolvables, et, dans ces cas-là, la délicate mission de récupérer l'argent revenait à Katagiri. Son volume de travail avait augmenté brusquement après l'éclatement de la bulle financière. Tout d'abord, les actions avaient baissé, puis ç'avait été le prix des terrains. Dans ce cas, les hypothèques ne servaient plus à rien. Les supérieurs de Katagiri lui ordonnaient seulement d'aller sur place récupérer ce qu'il pouvait en liquide.

Le quartier de Kabukicho à Shinjuku était un labyrinthe de violence. Depuis toujours, c'était le quartier général des voyous japonais ainsi que des maffias coréenne et chinoise. Les armes et la drogue y circulaient en abondance. En surface, on ne voyait pas passer de grosses sommes, les transactions importantes se traitaient en secret, dans les ténèbres. Il n'était pas rare que des gens disparaissent en fumée dans ces ruelles. Katagiri lui aussi, lors d'opérations de recouvrement de dettes dans ce quartier proche de son bureau, s'était retrouvé plusieurs fois entouré de yakuza qui menaçaient de lui faire la peau. Cependant, il n'avait jamais eu particulièrement peur. Quel intérêt aurait eu la maffia à assassiner un simple représentant de la Banque de Sécurité et de Confiance de Tokyo ? Qu'ils le trucident s'ils le voulaient. Mais oui, qu'ils l'abattent, d'un coup de feu, d'un coup de couteau ! Par chance, il n'avait ni femme ni enfants, et ses parents étaient déjà morts. Son frère et sa sœur cadette se débrouillaient tout seuls maintenant, ils avaient terminé leurs études, s'étaient mariés. Lui, si on le tuait aujourd'hui même, cela ne dérangerait pas grand monde. Personne, à vrai dire. Même lui, Katagiri, ça ne le dérangerait pas spécialement.

Tandis que notre employé de banque considérait la situation avec le sang-froid et le calme que l'on vient de décrire, les yakuza qui l'entouraient, eux, devenaient de plus en plus nerveux. A tel point que le nom de Katagiri finit par être connu dans le quartier comme celui d'un homme courageux. Pourtant, en l'occurrence, il se sentait pris de court. Comment devait-il réagir à ce que Crapaudin venait de lui dire ? Il n'en avait pas la moindre idée. Que signifiait toute cette histoire ? *Lelombric* ? Il se risqua enfin à demander :

— Qui est donc ce M. Lelombric ?

— Il vit sous terre. C'est un lombric géant, comme son nom l'indique. Quand il se fâche, ça provoque des secousses sismiques. Et en ce moment, il est terriblement en colère.

— Et qu'est-ce qui le met en colère de la sorte ?

— Je l'ignore, répondit Crapaudin. Personne ne sait ce que pense Lelombric, dans les ténèbres de son cerveau. Ceux qui ont eu l'occasion de l'apercevoir sont fort peu nombreux. D'habitude, il passe son temps à hiberner. Il dort d'un long sommeil, pendant des dizaines et des dizaines d'années, dans les ténèbres et la tiédeur du fond de la Terre. Alors, naturellement, ses yeux s'atrophient, son cerveau se ramollit, se met à fondre dans son sommeil, et il se transforme en tout autre chose. Pour parler franchement, je suppose, moi, qu'il ne pense rien du tout. Je crois qu'il absorbe simplement des échos et des vibrations venus de très loin, et les emmagasine dans son corps. Ensuite, il en restitue la plupart sous forme de haine, après un processus de transformation chimique complexe. Je ne sais pas comment ça se produit exactement, je serais bien incapable de l'expliquer en détail.

Crapaudin regarda Katagiri un moment en silence, attendant que la teneur de ses propos pénètre bien dans le cerveau de son interlocuteur. Puis il poursuivit :

— Évitons tout malentendu : je ne ressens aucune animosité ou opposition personnelle envers Lelombric.

Je ne vois pas non plus en lui une incarnation du mal. Je n'irais pas jusqu'à vouloir m'en faire un ami, mais l'existence d'êtres comme lui en ce monde ne me dérange pas outre mesure. Le monde est une sorte de grand pardessus, avec une multitude de poches de formes et de tailles différentes. En ce moment, cependant, Lelombric est trop dangereux pour qu'on continue à le laisser faire sans rien dire. Son esprit et son corps sont enflés comme ils ne l'ont jamais été, sous l'effet des haines diverses qu'il a absorbées et accumulées pendant des années. Et qui plus est, le tremblement de terre de Kobe le mois dernier l'a brutalement réveillé du sommeil profond et confortable où il était plongé. Sa rage lui a inspiré une sorte de révélation : il a décidé que son tour était venu de provoquer un tremblement de terre sur Tokyo, un énorme tremblement de terre. Je suis certain de ce que j'avance, monsieur Katagiri : grâce à quelques insectes rampants de ma connaissance, j'ai obtenu des informations très précises sur l'heure, le lieu et l'étendue du cataclysme.

Sur ce, Crapaudin se tut et ferma légèrement les yeux, comme épuisé de parler.

— Alors, dit Katagiri, vous et moi allons descendre dans les sous-sols pour nous battre avec Lelombric et empêcher ce tremblement de terre ?

— Exactement.

Katagiri souleva sa tasse de thé, puis la reposa sur la table.

— Je n'ai pas encore tout compris, mais dites-moi : pourquoi m'avoir choisi, moi, pour vous seconder dans cette entreprise ?

— Monsieur Katagiri, dit Crapaudin en plongeant son regard dans celui de son interlocuteur, j'ai appris à vous estimer profondément. Pendant seize ans, vous vous êtes acquitté avec une discrétion exemplaire, et sans vous plaindre, d'une tâche des plus dangereuses, et dont personne n'aimerait se charger. Je me rends parfaitement compte de l'accomplissement que cela représente.

Je pense que, malheureusement, ni vos supérieurs ni vos collègues n'estiment votre travail à sa juste valeur. Tous ces gens doivent être aveugles. Cependant, même en l'absence de toute reconnaissance, et privé de toute possibilité de carrière, jamais vous ne vous êtes plaint.

« Et il ne s'agit pas seulement de votre travail. Après la mort de vos parents, vous avez assuré l'éducation de votre frère et de votre sœur, encore adolescents, les avez envoyés à l'université, avez même joué les entremetteurs pour leur permettre de faire un bon mariage. Vous leur avez sacrifié une part importante de votre temps et de vos revenus, à tel point que, vous-même, vous n'avez pu vous marier. Pourtant vos cadets n'éprouvent pas la moindre reconnaissance envers vous, au contraire même, car ils vous traitent avec mépris et ingratitude. Si vous voulez mon avis, je trouve ça incroyable. Si j'étais à votre place, j'aurais envie de leur donner des claques. Mais vous, cela ne vous met pas spécialement en colère.

« Si vous m'autorisez à vous parler franchement, je dirai que vous avez une allure plutôt quelconque. Et vous n'êtes pas très éloquent non plus. Voilà pourquoi votre entourage vous ignore plus ou moins. Mais moi, je sais. Je sais que vous êtes un homme de bon sens, et un homme courageux. Dans tout Tokyo, il n'y a pas une seule personne en dehors de vous à qui je puisse faire confiance pour combattre à mes côtés.

— Monsieur Crapaudin... dit Katagiri.

— Crapaudin tout court, corrigea Crapaudin, un doigt en l'air.

— Crapaudin. Comment savez-vous autant de choses sur moi ?

— Je ne suis pas une grenouille née de la dernière pluie. Je sais voir ce qu'il y a à voir en ce monde.

— Mais tout de même, Crapaudin, je n'ai pas des muscles d'acier, et je ne connais pas les sous-sols de Tokyo. Je ne crois pas être de taille à combattre un ver de terre géant dans les ténèbres. Il doit bien y avoir quelqu'un de plus fort que moi capable de le faire. Je ne sais pas, moi, un champion de karaté par exemple, ou un membre d'un commando spécial des forces d'auto-défense.

Crapaudin leva ses gros yeux au ciel.

— Monsieur Katagiri, c'est moi qui m'occuperai de la partie combat proprement dite. Mais je ne peux pas me battre seul. C'est un point essentiel. Votre courage, votre loyauté me sont nécessaires. Il faut que je vous entende derrière moi me crier des encouragements : « Crapaudin, vas-y ! Courage ! Tu vas gagner ! C'est toi qui as raison ! »

Crapaudin écarta largement ses deux bras, puis posa ses deux mains à plat sur ses genoux.

— Pour être franc, moi-même, j'ai peur de combattre Lelombric dans les ténèbres. Pendant long-temps j'ai vécu en esthète et en pacifiste, en harmonie avec la nature. Je n'aime pas du tout me battre. Mais je vais le faire parce qu'il le faut. Ce sera certainement un horrible combat sans merci. Peut-être que je n'en sorti-rai pas vivant. Ou que j'y laisserai un membre. Mais je ne peux pas fuir. Comme l'a dit Nietzsche, la plus grande sagesse consiste à n'avoir peur de rien. Ce que je voudrais que vous fassiez, monsieur Katagiri, c'est que vous m'encouragiez, comme un ami. C'est que vous me transmettiez un peu de votre courage. Compre-nez-vous ?

Mais Crapaudin avait beau dire, de nombreux détails échappaient encore à Katagiri. Il lui semblait néan-moins – si surréaliste que puisse paraître le contenu de cette histoire – qu'il pouvait avoir confiance en ce que lui racontait Crapaudin. Il y avait dans le visage de la grenouille, dans sa façon de s'exprimer, une sincérité qui touchait directement le cœur. Katagiri travaillait dans le secteur le plus dur de la banque, et il avait acquis le talent de sentir ces choses-là – c'était devenu une sorte de seconde nature chez lui.

— Monsieur Katagiri, je comprends que, même pour

un homme comme vous, il soit embarrassant d'être ainsi sollicité par un batracien géant qui fait irruption chez vous et vous demande de but en blanc de lui accorder votre confiance. C'est une réaction absolument légitime. Aussi vais-je faire en sorte de vous donner une preuve de mon existence. Ces derniers temps, récupérer les capitaux que votre banque a prêtés à la Firme du Grand Ours d'Orient vous a donné du fil à retordre, n'est-ce pas ?

— Sans nul doute, reconnut Katagiri.

— Les patrons sont de mèche avec un groupe maffieux, ils ont des hommes de main chargés d'imposer leurs décisions lors des assemblées générales d'actionnaires, et veulent faire prononcer la faillite de la société pour être dégagés de toutes leurs dettes. Le responsable financier de votre banque a prêté l'argent sans enquête préalable digne de ce nom. Et comme d'habitude, qui est-ce qui essuie les plâtres ? C'est ce bon M. Katagiri. Mais cette fois-ci, l'adversaire est de taille, et c'est difficile de le faire lâcher. On note même la présence discrète d'un politicien influent derrière tout cela. La somme totale de l'emprunt s'élève à environ sept cents millions de yen. Mon analyse de la situation est-elle correcte ?

— Tout à fait.

Crapaudin leva les bras haut en l'air. Ses grandes palmes vertes s'écartèrent comme des ailes translucides.

— Monsieur Katagiri, vous n'avez pas de souci à vous faire. Fiez-vous à Crapaudin ici présent. Dès demain matin, le problème sera résolu. Vous pouvez dormir sur vos deux oreilles.

Sur ce, la grenouille se leva, fit un large sourire puis s'aplatit comme une limande et disparut en glissant sous la porte fermée. Katagiri se retrouva seul dans la pièce. Unique preuve de la visite de Crapaudin, il restait deux tasses de thé sur la table de la cuisine.

Le lendemain matin, le téléphone posé sur le bureau de Katagiri sonna dès son arrivée, à neuf heures.

— Monsieur Katagiri, fit une voix d'homme, une voix froide et administrative. Ici Shiraoka, je suis l'avocat chargé du litige avec le Grand Ours d'Orient. J'ai reçu un coup de téléphone de mon client ce matin à propos de la question restée en suspens du recouvrement de l'emprunt, il est décidé à vous rembourser la totalité de la somme que vous réclamez dans les délais fixés et à assumer toute la responsabilité. Il vous signera un mémorandum à cet effet. En conséquence, il souhaite que vous évitiez désormais d'envoyer *Crapaudin* chez lui. Je répète, il m'a demandé de vous dire expressément ceci : n'envoyez plus *Crapaudin* chez lui. Je n'ai pas bien saisi les détails, mais il m'a dit que vous comprendriez, monsieur Katagiri.

— Je comprends parfaitement, répondit Katagiri.

— Auriez-vous l'amabilité de transmettre ce que je vous ai dit à *Crapaudin* ?

— Je le lui transmettrai sans faute. Crapaudin ne réapparaîtra pas chez lui.

— C'est parfait. Eh bien, je vous prépare le mémorandum pour demain.

— Merci, dit Katagiri.

Et il raccrocha.

Lors de la pause de midi, Crapaudin vint lui rendre visite au bureau :

— Alors ? Ça s'est bien passé avec la Firme du Grand Ours d'Orient ?

Katagiri jeta un coup d'œil effaré autour de lui.

— Ne vous inquiétez pas, vous êtes seul à me voir, monsieur Katagiri. Mais vous comprenez maintenant que j'existe réellement, n'est-ce pas ? Je ne suis pas le produit de votre imagination. J'agis dans la réalité, et cela produit des résultats. J'existe vraiment.

— Monsieur Crapaudin... commença Katagiri.

— Crapaudin tout court, rectifia la grenouille en levant un doigt en l'air.

— Crapaudin, dit Katagiri, que leur avez-vous fait ?

— Pas grand-chose. Ce que je leur ai fait, ce n'est pas plus compliqué que de planter des choux. Je les ai un peu menacés, c'est tout. Je leur ai causé une frayeur psychologique. Comme l'a écrit Joseph Conrad, la véritable peur, c'est celle que la puissance de leur imagination fait éprouver aux hommes. Mais dites-moi, monsieur Katagiri, ça s'est bien passé, alors ?

Katagiri hocha la tête, puis alluma une cigarette.

— Il semblerait, oui.

— Alors, vous croyez ce que je vous ai dit hier, maintenant ? Vous allez m'aider à lutter contre Lelombric ?

Katagiri soupira. Puis il enleva ses lunettes, les essuya.

— Pour être franc, je ne m'y sens pas très enclin, mais ce n'est pas une raison. De toute façon, je ne peux pas y couper, n'est-ce pas ?

Crapaudin fit un signe d'assentiment.

— C'est un problème de responsabilité et d'honneur. Même si nous n'en avons aucune envie, vous et moi, monsieur Katagiri, nous allons nous enfoncer dans les sous-sols et faire face à Lelombric. Nous n'avons pas le choix. Si nous devons perdre le combat et y laisser la vie, personne ne nous pleurera. Et même si nous parvenons à exterminer Lelombric, personne ne nous félicitera. Les gens ne sauront même pas qu'un combat pareil s'est déroulé sous leurs pieds. Vous et moi, monsieur Katagiri, serons les seuls à le savoir. Ce sera un combat solitaire, quelle qu'en soit l'issue.

Katagiri regarda ses mains un moment, puis la fumée qui s'élevait de sa cigarette. Finalement, il déclara :

— Vous savez, monsieur Crapaudin, je suis un homme ordinaire.

— Appelez-moi Crapaudin ! dit Crapaudin en pointant un doigt en l'air.

Mais Katagiri l'ignora et poursuivit :

— Je suis un homme on ne peut plus ordinaire. Plus

ordinaire que la moyenne, même. Je perds mes cheveux, j'ai du ventre, j'ai eu quarante ans le mois dernier. J'ai les pieds plats, et à ma dernière visite médicale, on m'a dit que j'avais une tendance au diabète. Ça fait trois mois que je n'ai pas couché avec une femme. Et encore, la dernière, c'était une professionnelle. Au bureau, on reconnaît peu ou prou mes capacités à recouvrer les créances de nos débiteurs mais je ne suis pas respecté pour autant. Professionnellement comme dans ma vie privée, il n'y a pas une seule personne qui m'aime. Je ne suis pas très habile à m'exprimer et je suis timide, cela m'empêche de me faire des amis. Je suis nul en sport, je chante faux, je suis un nabot, j'ai le prépuce anormalement étroit, je suis myope. Je suis même asthmatique, c'est vous dire. Je mène une vie sans aucun intérêt. Je dors, je me lève, je mange, je bois, et je défèque, c'est tout. Je ne sais même pas pourquoi je vis. Pourquoi un homme comme moi devrait-il sauver Tokyo ?

— Monsieur Katagiri, dit Crapaudin d'une voix légèrement sentencieuse, seul un homme comme vous peut sauver Tokyo. Et c'est aussi pour les hommes comme vous que je m'efforce de sauver cette ville.

Katagiri poussa à nouveau un profond soupir.

— Alors dites-moi : que dois-je faire ?

Crapaudin lui fit part de son plan. Le 17 février (autrement dit la veille du jour prévu pour le tremblement de terre), en pleine nuit, ils descendraient tous deux dans les souterrains, dont l'entrée se trouvait au sous-sol de la branche de Shinjuku de la Banque de Sécurité et de Confiance de Tokyo, dans la chaufferie. En grattant une partie du mur, ils tomberaient sur un trou, au fond duquel ils descendraient en utilisant une échelle de corde. L'antre du Lombric Géant se trouvait une cinquantaine de mètres plus bas. Ils se donneraient rendez-vous à minuit dans la chaufferie. (Katagiri prétexterait des heures supplémentaires à effectuer pour rester dans le bâtiment après la fermeture des bureaux.)

— Et pour le combat, vous avez prévu une stratégie ? demanda Katagiri.

— Bien sûr, il *faut* une stratégie. Personne ne peut vaincre un adversaire sans stratégie. Après tout, il s'agit d'un adversaire au contact visqueux, rien ne permet de distinguer sa bouche de son anus, et il fait à peu près la taille d'un métro aérien de la ligne Yamanote.

— Quelle tactique comptez-vous utiliser ?

Crapaudin resta plongé un moment dans ses pensées.

— La parole est d'argent mais le silence est d'or.

— Cela veut-il dire qu'il vaut mieux que je ne pose pas de questions ?

— On peut dire ça comme ça.

— Et si, au dernier moment, je prenais mes jambes à mon cou sous l'emprise de la terreur, que feriez-vous, monsieur Crapaudin ?

— Crapaudin tout court, corrigea la grenouille.

— Que feriez-vous, Crapaudin ? C'est-à-dire, si ça arrivait ?

— Je me battrais seul, dit Crapaudin après avoir réfléchi un instant. Mes chances de gagner seul contre lui sont sans doute un peu meilleures que celles d'Anna Karénine de gagner contre une locomotive lancée à pleine vitesse. Vous avez lu *Anna Karénine*, monsieur Katagiri ?

Katagiri répondit que non, et Crapaudin eut l'air désolé pour lui. Il devait aimer ce livre.

— Mais je ne pense pas que vous vous enfuirez et me laisserez seul, monsieur Katagiri. Je le sais. Comment dire ? C'est une question de *couilles*. Moi, malheureusement, je n'en ai pas, anatomiquement parlant, mais... ha ha ha ha !

Crapaudin ouvrit grand la bouche et rit de tout cœur. Crapaudin n'avait peut-être pas de couilles, mais il n'avait pas de dents non plus.

Mais la vie est pleine d'événements imprévus.

Le soir du 17 février, un inconnu tira à bout portant sur Katagiri. Il avait fini la tournée de ses clients et reprenait le chemin du bureau quand, en plein Shinjuku, un jeune homme en blouson de cuir bondit devant lui. Il avait un visage inexpressif et incroyablement aplati. Katagiri vit tout de suite qu'il avait à la main un petit pistolet noir. Tellement noir et tellement petit qu'on aurait dit un jouet. Katagiri regardait d'un œil vague cet objet noir dans la main de l'homme, sans bien comprendre qu'il était pointé sur lui et que l'inconnu allait appuyer sur la détente. Tout se déroulait trop soudainement et semblait trop absurde. Pourtant l'homme tira et Katagiri fut touché.

Le contrecoup souleva le canon du pistolet vers le ciel. Au même moment, Katagiri ressentit un choc à l'épaule comme si on lui avait donné un violent coup de marteau. Cela ne lui fit pas mal, mais il se retrouva allongé sur le trottoir, projeté à terre par le choc. Le porte-documents qu'il tenait à la main droite avait volé dans la direction opposée. L'homme pointa à nouveau son arme sur lui. Tira une seconde fois. La pancarte publicitaire d'un snack-bar voisin vola en éclats devant Katagiri. Il entendit des cris. Ses lunettes avaient été projetées quelque part, il voyait tout trouble. Dans une sorte de brouillard, il vit l'homme s'approcher de lui, le pistolet à la main. « Je vais mourir », se dit-il. La véritable peur, c'est celle que les hommes éprouvent envers la force de leur imagination, avait dit Crapaudin. Sans hésiter, Katagiri coupa le bouton de réglage de son imagination et sombra dans un silence paisible et plein de légèreté.

Quand il reprit conscience, il était allongé sur un lit. Il ouvrit d'abord un œil, regarda prudemment autour de lui, puis ouvrit l'autre. Ce qui entra en premier dans son champ de vision fut un chevalet en métal à son chevet, d'où pendait un tuyau de perfusion relié à son corps. Il aperçut aussi une infirmière en blouse blanche. Il comprit qu'il était allongé sur un lit au matelas dur, et vêtu d'un étrange vêtement, sous lequel, apparemment, il était nu.

« Ah, oui, je me souviens, un homme m'a tiré dessus alors que je marchais dans Shinjuku. Il m'a touché à l'épaule droite. » La scène lui revenait nettement maintenant. En pensant au pistolet noir dans la main de l'homme, son cœur fit un petit bruit sinistre. « Ce type voulait me tuer, songea Katagiri. Mais finalement, je ne suis pas mort. J'ai toute ma mémoire. Je ne souffre pas. Mais ce n'est pas seulement la douleur que je ne sens pas, en fait, je ne ressens rien du tout. Je ne peux même pas lever la main. »

Il n'y avait pas de fenêtre dans la chambre. Était-ce le jour ou la nuit ? Il n'aurait su le dire. On lui avait tiré dessus aux environs de cinq heures du soir. Combien de temps avait bien pu s'écouler depuis ? L'heure de son rendez-vous avec Crapaudin était-elle déjà passée ? Il chercha des yeux une montre ou une horloge dans la pièce, il n'y en avait pas. Mais de toute façon, il avait perdu ses lunettes et ne pouvait pas voir bien loin. Il appela l'infirmière :

— Euh... excusez-moi.

— Ah, vous avez enfin repris connaissance, c'est bien, dit-elle.

— Quelle heure est-il ?

L'infirmière regarda sa montre.

— Neuf heures et quart.

— Du soir ?

— Non, c'est le matin.

— Neuf heures et quart du matin ? répéta Katagiri d'une voix cassée qu'il ne reconnut pas.

Il souleva légèrement sa tête de l'oreiller.

— Alors, il est neuf heures du matin, le 18 février ?

— C'est ça, dit l'infirmière en levant le bras pour vérifier la date sur sa montre numérique. Le 18 février 1995.

— Il n'y a pas eu un gros tremblement de terre à Tokyo ce matin ?

— A Tokyo ?

— Oui.

L'infirmière secoua la tête.

— A ma connaissance, il n'y a rien eu de spécial.

Katagiri poussa un soupir de soulagement. Quoi qu'il se fût passé, le tremblement de terre avait été évité.

— A propos, et ma blessure, comment ça va ?

— Votre blessure ? dit l'infirmière. Quelle blessure ?

— Le coup de feu.

— Le coup de feu ?

— Mais oui, avec un pistolet. Près de l'entrée de la banque où je travaille. Un jeune homme. Il m'a touché à l'épaule droite.

L'infirmière eut un petit sourire gêné.

— Je suis très embarrassée, monsieur Katagiri. Vous n'avez pas été blessé au pistolet, pas du tout.

— Vraiment ?

— Vrai de vrai. Personne ne vous a tiré dessus. Aussi vrai qu'il n'y a pas eu de tremblement de terre à Tokyo ce matin.

Katagiri en était abasourdi.

— Mais alors, pourquoi suis-je à l'hôpital ?

— Vous avez eu un malaise dans la rue hier soir, à Kabukicho, monsieur Katagiri, et vous vous êtes effondré. Mais vous n'êtes pas blessé. Vous avez perdu connaissance et vous êtes tombé. On ne sait pas exactement pourquoi pour le moment. Le médecin ne va pas tarder à venir vous voir, vous parlerez avec lui.

Un malaise ? Katagiri avait pourtant vu de ses yeux le pistolet pointé sur lui, il avait vu le coup partir. Il prit une profonde inspiration et essaya de remettre de l'ordre dans ses idées. « Examinons tous les éléments un par un, en pleine clarté », se dit-il.

— Je suis donc allongé depuis hier soir dans ce lit à l'hôpital, n'est-ce pas ? Dans le coma ?

— Exactement, dit l'infirmière. Vous avez beaucoup gémi cette nuit, apparemment vous avez fait des cauchemars horribles. Vous avez hurlé plusieurs fois : « Crapaudin ! » S'agit-il d'un de vos amis, monsieur Katagiri ?

Katagiri ferma les yeux et tendit l'oreille aux battements de son cœur. Il palpitait lentement, régulièrement, au rythme de la vie. Jusqu'à quel point ce qui lui était arrivé était-il réel, à partir d'où cela appartenait-il au domaine de l'illusion ? Crapaudin existait-il vraiment, s'était-il réellement battu avec un lombric géant sous la terre, pour éviter qu'un cataclysme s'abatte sur Tokyo ? Ou bien tout cela n'était-il qu'une partie d'un long rêve éveillé ? Katagiri ne s'y retrouvait plus du tout.

Cette nuit-là, la grenouille vint lui rendre visite dans sa chambre d'hôpital. Au moment où Katagiri se réveillait, il aperçut la silhouette de Crapaudin dans la pénombre. Il était assis sur un tabouret d'acier, le dos appuyé au mur. Il paraissait épuisé. Ses grands yeux verts globuleux, fermés, formaient une seule ligne transversale sur son visage.

— Crapaudin ! appela Katagiri.

Crapaudin souleva lentement les paupières. Son gros ventre blanc enflait et diminuait au rythme de sa respiration.

— J'avais l'intention de descendre à la chaufferie à minuit comme promis, dit Katagiri. Mais un incident imprévu en fin d'après-midi m'en a empêché, et on m'a transporté dans cette chambre d'hôpital.

Crapaudin secoua légèrement la tête.

— Je comprends. Je comprends parfaitement. Mais ne vous faites pas de souci. Tout va bien. Vous m'avez aidé à combattre, comme il se doit.

— Moi, je vous ai aidé ?

— Oui, monsieur Katagiri, vous m'avez aidé en rêve. C'est pour cela que j'ai eu la force de me battre contre Lelombric jusqu'au bout. C'est grâce à vous, monsieur Katagiri.

— Je ne sais pas. Je suis resté plusieurs heures dans le coma, sous perfusion. Je ne me souviens absolument pas de ce que j'ai fait en rêve.

— C'est très bien ainsi, monsieur Katagiri. Il vaut mieux ne pas vous en souvenir. De toute façon, ce violent combat s'est déroulé dans votre imagination. C'est cela en fait notre champ de bataille. C'est là que nous sommes vainqueurs, et c'est là que nous subissons nos défaites. Naturellement, nous avons tous des existences limitées, et nous finissons toujours par être vaincus. Mais comme l'a découvert Ernest Hemingway, ce qui décide de la valeur ultime de nos vies, ce n'est pas la façon dont nous remportons la victoire, mais la façon dont nous sommes vaincus. Vous et moi, monsieur Katagiri, avons réussi tant bien que mal à empêcher la destruction de Tokyo. Grâce à nous, cent cinquante mille personnes ont échappé à la mort. Personne ne s'en est aperçu, mais c'est ce que nous avons accompli.

— Mais comment avez-vous vaincu Lelombric ? Et moi, qu'est-ce que j'ai fait ?

— Nous avons combattu de toutes nos forces, avec l'énergie du désespoir. Nous...

Crapaudin se tut et poussa un profond soupir.

— Vous et moi, monsieur Katagiri, avons utilisé toutes les armes disponibles, tout le courage dont nous disposions. Les ténèbres étaient les alliées de Lelombric. Vous, monsieur Katagiri, aviez apporté un générateur à pédales à l'aide duquel vous avez déversé autant de lumière que possible sur les lieux. Lelombric a essayé d'utiliser toutes les fantasmagories des ténèbres pour vous effrayer et vous faire fuir. Mais vous êtes resté fermement sur place. Un violent combat s'est déroulé entre la lumière et les ténèbres. Dans la lumière, j'ai lutté corps à corps avec le monstrueux ver de terre. Il s'est enroulé autour de mon corps, a répandu sur moi un horrible liquide visqueux. Moi, je l'ai découpé en morceaux. Mais même ainsi, il ne voulait pas mourir. Il ne faisait que se séparer en différents segments, toujours vivants. Et ensuite...

Crapaudin se tut. Puis il reprit, comme s'il rassemblait toutes ses forces pour parler :

— Fedor Dostoïevski a décrit avec une insurpassable tendresse des êtres abandonnés de Dieu. Il a découvert la valeur de l'existence humaine, dans ce paradoxe cruel qui veut que les hommes qui ont inventé Dieu soient abandonnés par Lui. Tout en luttant dans les ténèbres contre Lelombric, je me suis rappelé *Nuits blanches* de Dostoïevski. Je...

Crapaudin se tut.

— Monsieur Katagiri, est-ce que je peux dormir un peu ? Je suis exténué.

— Je vous en prie, dormez tout votre soûl.

— Je n'ai pas réussi à vaincre Lelombric, dit Crapaudin, puis il ferma les yeux. J'ai réussi à grand-peine à éviter le tremblement de terre, mais je n'ai réussi qu'un match nul dans mon combat avec Lelombric. Je l'ai blessé, et lui aussi m'a blessé... Mais je vais vous dire une chose, monsieur Katagiri...

— Quoi donc ?

— Je suis un pur batracien, et, en même temps, je représente un monde totalement *antibatracien*.

— Je crains de ne pas très bien comprendre.

— Moi non plus, je ne comprends pas, dit Crapaudin en gardant les yeux fermés. C'est juste une impression. Ce que nous voyons avec nos yeux n'est pas forcément la réalité. Mon ennemi est aussi en moi, il fait partie de moi. A l'intérieur de moi-même, il y a un *antimoi*. J'ai le cerveau un peu embrumé, je crois. Je vois la locomotive arriver. Mais je voudrais tant que vous compreniez, monsieur Katagiri...

— Vous êtes très fatigué, Crapaudin. Il faut dormir pour récupérer.

— Monsieur Katagiri, je retourne lentement à la boue. Et pourtant... je...

Crapaudin perdit complètement l'usage de la parole et sombra dans un sommeil comateux. Ses longs bras pendaient vers le sol, sa grande bouche plate était légèrement entrouverte. En concentrant bien son regard, Katagiri s'aperçut que Crapaudin était couvert de plaies. Des lignes décolorées parcouraient son corps, une partie de son crâne était enfoncée comme sous l'effet d'un choc violent.

Katagiri observa longuement Crapaudin, enveloppé de l'épais manteau du sommeil. « Une fois sorti de l'hôpital, j'achèterai *Anna Karénine* et *Nuits blanches*, se dit-il. Il faudra que je les lise. Et ensuite, j'aurai une longue discussion littéraire avec Crapaudin à propos de ces deux œuvres. »

Au bout d'un moment, Crapaudin se mit à tressaillir légèrement. Au début, Katagiri prit cela pour des mouvements involontaires du sommeil, mais il s'aperçut vite que ce n'était pas le cas. La grenouille faisait des mouvements peu naturels, comme un énorme pantin que quelqu'un aurait agité par-derrière. Katagiri l'observa en retenant son souffle. Il aurait voulu se lever et s'approcher de Crapaudin. Mais son corps paralysé ne lui obéissait plus.

Bientôt, une grosse excroissance apparut au-dessus des yeux de la grenouille. Puis d'autres immondes bulles de chair du même genre se mirent à gonfler sur ses épaules, ses flancs. Tout son corps en fut bientôt couvert. Katagiri observait ce spectacle, le souffle coupé, sans avoir la moindre idée de ce qui pouvait bien être en train de se passer.

Soudain, une des bulles éclata. La peau autour se déchira avec un petit *pop !* et un liquide visqueux en jaillit. Une odeur épouvantable envahit la pièce. Les autres excroissances éclatèrent les unes après les autres. En tout, vingt ou trente explosèrent ainsi, laissant sur les murs des lambeaux de peau et des giclées de liquide fétide. Il régnait dans la petite pièce une odeur infecte, insupportable. Une fois disparues, les bulles laissaient dans la chair de Crapaudin de vilains cratères noirs, d'où se mirent à sortir des vers de toutes sortes, des petits, des gros. Des vers blancs et mous, suivis par des sortes de petites scolopendres, dont les multiples pattes faisaient de sinistres bruits de grattement sur la peau de la grenouille géante. D'innombrables insectes émergèrent ainsi en rampant des trous laissés par les bulles, et le corps entier de Crapaudin – ou plutôt ce qui avait été son corps – fut bientôt entièrement recouvert de ces insectes des ténèbres de diverses espèces. Ses deux gros globes oculaires sautèrent de leurs orbites et tombèrent à terre. Des insectes noirs aux mâchoires avides s'y attaquèrent aussitôt et les dévorèrent. Des grappes de vers gluants commencèrent à grimper le long des murs, atteignirent bientôt le plafond. Ils recouvrirent les néons, s'infiltrèrent dans l'alarme d'incendie.

Le sol était lui aussi couvert d'insectes. Ils avaient envahi la lampe de chevet et empêchaient la lumière de filtrer. Naturellement, ils s'étaient aussi mis à grimper vers le lit. La vermine s'infiltrait sous les couvertures de Katagiri. Des vers de toutes sortes grimpaient le long de ses jambes, se glissaient sous son pyjama, entre ses cuisses. Ils pénétraient maintenant par tous les orifices de son corps, son anus, ses oreilles, son nez. Les scolopendres le forcèrent à ouvrir la bouche en creusant avec leurs pattes et s'engouffrèrent à l'intérieur, par files entières. Katagiri, en proie à un violent désespoir, poussa un hurlement.

Quelqu'un actionna un interrupteur, et la clarté envahit soudain la pièce.

— Monsieur Katagiri ! fit la voix de l'infirmière.

Katagiri ouvrit les yeux : la lumière l'éblouit. Son corps était trempé de sueur, comme si on l'avait aspergé d'eau. Les insectes n'étaient plus là. Il ne restait que le souvenir de leur horrible contact visqueux sur sa peau.

— Vous avez encore fait un cauchemar, mon pauvre

monsieur Katagiri, dit l'infirmière en préparant rapidement une seringue.

Puis elle enfonça l'aiguille dans son bras.

Katagiri prit une profonde inspiration, puis recracha l'air de ses poumons. Il sentit son cœur se serrer violemment, puis s'élargir dans sa poitrine.

— De quoi avez-vous rêvé, cette fois ?

Mais Katagiri était encore incapable de faire une distinction nette entre le domaine du rêve et celui de la réalité.

— Ce que nous voyons avec nos yeux n'est pas forcément la réalité, dit-il comme s'il parlait tout seul.

— C'est bien vrai, répondit l'infirmière en souriant. Surtout dans le cas des rêves.

— Crapaudin... murmura Katagiri.

— Qu'est-il arrivé à Crapaudin ?

— Il a sauvé Tokyo de la destruction par un tremblement de terre, à lui tout seul.

— Voilà une bonne nouvelle, dit l'infirmière, tout en remplaçant le flacon vide de la perfusion. Oui, vraiment une bonne nouvelle. Il se passe assez de choses horribles à Tokyo comme ça, on n'a pas besoin d'en rajouter.

— Mais il s'est perdu lui-même dans ce combat, il a été anéanti. Ou alors il est retourné à la boue originelle. En tout cas, il ne reviendra plus.

L'infirmière épongea le front en sueur de Katagiri. Elle souriait toujours.

— Vous l'aimiez bien, ce Crapaudin, je suis sûre ?

— La locomotive... marmonna Katagiri d'une voix pâteuse. Plus que tout au monde...

Puis il ferma les yeux et sombra dans un sommeil paisible, sans rêves.

Galette au miel

1

— Masakichi avait pris tellement de miel qu'il ne pouvait pas tout le manger, aussi le mit-il dans un seau pour aller le vendre à la ville au pied de la montagne. L'ours Masakichi était un célèbre cueilleur de miel.

— Comment un ours fait-il pour avoir un seau ? demanda Sara.

— C'était par hasard, expliqua Junpei. Il en avait trouvé un par terre, sur la route, et l'avait ramassé en se disant que ça pourrait lui servir un jour.

— Et ça lui a bien servi !

— Exactement. Donc, Masakichi est descendu à la ville. Il s'est s'installé sur la place principale, et il a écrit sur une pancarte : « Délicieux miel naturel. Deux cents yen le pot », et il s'est mis à vendre son miel.

— Ça sait écrire, un ours ?

— *No*, dit Junpei. Les ours ne savent pas écrire, mais Masakichi a demandé à un vieux monsieur à côté de lui d'écrire pour lui avec son stylo.

— Et un ours, ça sait compter de l'argent ?

— *Yes*. Masakichi avait été élevé par des humains quand il était petit, et il avait appris à parler et à compter, et ce genre de choses. Il faut dire qu'il était doué de nature.

— Ah, il n'était pas comme les ours normaux, alors ?

— C'est ça, il était différent des ours normaux.

125

Masakichi était un ours un peu spécial et, pour cette raison, les autres ours de son entourage le snobaient.

— Ça veut dire quoi, « snobaient » ?

— Ça veut dire que les autres ours disaient : « Eh, qu'est-ce qu'il a, celui-là ? Pour qui il se prend ? » ou alors ils faisaient « Pff ! » derrière son dos, ou refusaient de lui adresser la parole. Il n'arrivait pas à être ami avec eux. Et spécialement cette grosse brute de Tonkichi le détestait.

— Pauvre Masakichi !

— Oui, le pauvre. Extérieurement, il avait l'apparence d'un ours, aussi les humains se disaient : « Bon, d'accord, il sait parler comme nous, il sait compter, mais après tout, ce n'est qu'un ours. » Finalement, Masakichi n'était accepté par aucun de ces deux mondes, ni celui des humains ni celui des ours.

— C'est vraiment horrible. Le pauvre ! Il n'avait pas du tout d'amis ?

— Pas du tout. Comme il n'allait pas à l'école, il n'y avait pas d'endroit où il aurait pu se faire des amis.

— Moi, j'en ai, des amis, à la maternelle, dit Sara.

— Bien sûr, répondit Junpei. Bien sûr que tu en as.

— Et toi, Jun, tu en as, des amis ?

Sara trouvait trop long d'appeler Junpei par son nom et se contentait du diminutif Jun.

— Ton papa est mon meilleur ami depuis très longtemps. Et ta maman aussi, c'est ma meilleure amie.

— Tant mieux, c'est bien d'avoir des amis.

— Tout à fait, tu as raison, c'est bien d'avoir des amis.

Junpei inventait souvent des histoires qu'il racontait à Sara au moment où elle allait se coucher. La fillette lui posait des questions chaque fois qu'un élément lui échappait, et Junpei interrompait chaque fois son récit pour lui expliquer les choses en détail. Les questions étaient généralement pointues et intéressantes et, le temps que Junpei réfléchisse à la façon d'y répondre, de nouvelles idées pour poursuivre son histoire naissaient dans son esprit.

Sayoko arriva avec du lait chaud.

— Tu sais, maman, Jun me raconte l'histoire de l'ours Masakichi, expliqua Sara. C'est un célèbre cueilleur de miel mais il n'a pas d'amis.

— Hmm. C'est un gros ours ? demanda Sayoko à Sara.

Sara regarda Junpei d'un air anxieux :

— Il est grand, Masakichi ?

— Pas très grand, dit Junpei. En fait, c'est un ours plutôt petit. A peu près de la même taille que toi, Sara. Et il a un caractère assez discret. Et il n'aime pas les musiques violentes, comme le punk ou le hard-rock. Il n'écoute que du Schubert, tout seul.

Sayoko se mit à fredonner *La Truite*.

— Mais comment il fait pour écouter de la musique ? demanda Sara. Il a un lecteur de CD ou quelque chose comme ça ?

— Il a trouvé un radiocassette par terre. Il l'a ramassé et l'a emporté chez lui.

— Il a de la chance. Mais comment ça se fait qu'on trouve tellement de choses par terre dans la montagne ? demanda Sara d'un air légèrement soupçonneux.

— C'est que les pentes sont très raides, alors les gens qui les escaladent ont tous la tête qui tourne, et ils laissent tomber ce qu'ils ont en trop en cours de route. « Je n'en peux plus. Mon sac est vraiment trop lourd. Je n'ai pas besoin de seau, après tout, et de radiocassette non plus. » Ce qui fait qu'on trouve plein d'objets utiles sur les sentiers.

— Je peux comprendre ce qu'ils ressentent, dit Sayoko. Moi aussi, il m'arrive d'avoir envie de tout laisser tomber.

— Pas moi, dit Sara.

— Parce que tu es rapace, dit Sayoko.

— C'est pas vrai, se défendit Sara, je ne suis pas rapace.

— Mais non, tu es juste jeune et pleine d'énergie, corrigea Junpei, tournant les choses de manière plus conciliante. Mais dépêche-toi de boire ton lait, si tu veux que je te raconte la suite des aventures de l'ours Masakichi.

— D'accord, dit Sara en saisissant sa tasse à deux mains et en buvant précautionneusement le lait chaud. Mais pourquoi est-ce que Masakichi ne prépare pas des galettes au miel pour les vendre au marché ? Je pense que ça plairait aux gens de la ville.

— C'est une excellente idée. Comme ça, il ferait aussi plus de bénéfices, dit Sayoko en souriant.

— Étendre le marché avec une valeur ajoutée... Cette enfant sera un grand chef d'entreprise plus tard, dit Junpei.

Quand Sara se remit au lit et se rendormit enfin, il était deux heures du matin passées. Après s'être assurés qu'elle dormait profondément, Junpei et Sayoko s'étaient assis face à face à la table de la cuisine pour partager une canette de bière. Sayoko buvait peu, quant à Junpei, il devait reprendre le volant pour rentrer chez lui à Yoyogi.

— Excuse-moi de t'avoir appelé au milieu de la nuit, dit Sayoko. Mais je ne savais vraiment plus quoi faire. J'étais abrutie de fatigue et complètement désorientée, je ne pouvais penser à personne d'autre que toi pour arriver à calmer Sara. Je n'allais quand même pas téléphoner à Kan, hein ?

Junpei hocha la tête et but une gorgée de bière, mangea un des crackers posés sur une soucoupe devant lui.

— Ne t'en fais pas pour moi. De toute façon, je reste debout jusqu'à l'aube, et la nuit il n'y a pas de circulation. Ce n'était vraiment pas gênant.

— Tu étais en train d'écrire ?

— Plus ou moins...

— Une nouvelle ?

Junpei acquiesça d'un signe de tête.

— Ça marche bien ?

— Comme d'habitude. J'écris des nouvelles, elles sont publiées dans une revue littéraire, et personne ne les lit.

— Moi, je lis tout ce que tu écris.

— Merci, tu es gentille, dit Junpei. Mais les nouvelles, tu vois, comme forme littéraire, c'est à peu près aussi suranné que les bouliers. Mais enfin, bon, ça ne fait rien. Parlons plutôt de Sara. Elle fait souvent des crises comme ce soir ?

Sayoko hocha la tête.

— Souvent, c'est un doux euphémisme. En ce moment, c'est pratiquement chaque soir. Elle se réveille toutes les nuits et pique de véritables crises d'hystérie. Elle tremble sans pouvoir s'arrêter. Et j'ai beau essayer de la consoler, elle continue de pleurer. Il n'y a rien à faire.

— Tu as une idée de la cause ?

Sayoko but le reste de sa bière, puis contempla un moment son verre vide.

— Je crois que c'est parce qu'elle a trop regardé les informations. Les images du tremblement de terre de Kobe sont sans doute trop impressionnantes pour une petite fille de quatre ans. C'est depuis le tremblement de terre qu'elle se réveille toutes les nuits. Elle dit que c'est un vilain monsieur qu'elle ne connaît pas qui vient la réveiller. Elle l'appelle « le Bonhomme Tremblement de Terre ». Il la réveille pour la faire rentrer de force dans une petite boîte. Une boîte qui n'est pas du tout de taille à contenir un être humain. Elle se débat pour ne pas y entrer, mais il la tire par la main et la plie en quatre en faisant craquer ses articulations pour la mettre de force dedans. C'est à ce moment-là qu'elle se réveille en hurlant.

— « Le Bonhomme Tremblement de Terre » ?

— Oui. Elle dit qu'il est très grand et très vieux. Quand elle se réveille, elle allume toutes les lumières de l'appartement et fait le tour en cherchant partout :

dans les placards, dans l'armoire à chaussures, sous le lit, dans les tiroirs de la commode. J'ai beau lui dire que c'était un cauchemar, je n'arrive pas à la convaincre. Elle ne se calme et ne se rendort enfin que quand elle a cherché intégralement partout et qu'elle est sûre que le bonhomme n'est pas caché dans la maison. Mais ça prend au moins deux heures, et moi je suis complètement réveillée et je ne peux plus me rendormir. J'ai un manque de sommeil chronique. Du coup, je ne tiens plus debout, je suis même incapable de travailler correctement.

Il était rare que Sayoko exprime ainsi ce qu'elle ressentait.

— En tout cas, tu ferais mieux de ne pas regarder les informations pendant quelque temps, dit Junpei. Et même la télévision de manière générale. Tu ne devrais plus l'allumer du tout. Sur toutes les chaînes, ils montrent des images du tremblement de terre.

— Je ne regarde presque plus la télé. Mais ça ne change rien. Le Bonhomme Tremblement de Terre vient quand même. J'ai emmené Sara chez le pédiatre, mais tout ce qu'il a fait, c'est lui donner une sorte de soporifique pour la calmer.

Junpei réfléchit un moment à la situation et proposa finalement :

— Si on allait au zoo ensemble dimanche prochain ? Sara m'a dit qu'elle aimerait bien voir un ours en vrai.

Sayoko plissa les paupières pour mieux regarder Junpei.

— C'est peut-être pas mal. Ça pourrait lui changer les idées. Hmm. C'est ça, allons tous les quatre au zoo dimanche, ça fait longtemps qu'on n'est pas sortis ensemble. Tu veux bien appeler Kan pour lui en parler ?

Junpei avait trente-six ans. Il était né et avait été élevé à Nishinomiya, préfecture de Hyogo, dans le quartier résidentiel paisible de Shukugawa. Son père était horloger-bijoutier et avait monté deux commerces, l'un à

Osaka et l'autre à Kobe. Junpei avait une sœur de six ans sa cadette. Il avait fréquenté une école privée à Kobe avant d'être admis dans la prestigieuse université de Waseda à Tokyo. Il avait réussi les examens d'entrée en faculté de littérature et en faculté de commerce, et avait choisi sans hésiter la section littéraire. Cependant, il avait menti à ses parents et leur avait fait croire qu'il avait pris la section commerciale, parce qu'ils n'auraient jamais accepté de lui payer des études littéraires. Junpei n'avait pas l'intention de perdre quatre précieuses années à étudier les mécanismes économiques. Tout ce qu'il voulait, c'était étudier la littérature, et surtout, devenir écrivain.

En classe de culture générale, il se fit tout de suite deux amis : Takatsuki, surnommé Kan, et Sayoko. Takatsuki était originaire de Nagano et avait été capitaine de l'équipe de foot de son lycée. Il était grand, large d'épaules. Comme il lui avait fallu deux ans de préparation pour être admis à Waseda, il avait un an de plus que Junpei. Il était réaliste et décidé, avait un visage avenant qui attirait tout de suite la sympathie, et une sorte d'autorité naturelle qui lui assurait la position de chef dans n'importe quel groupe. Seulement, il n'aimait pas tellement les livres. S'il s'était retrouvé en section littérature, c'est uniquement parce qu'il avait échoué à l'examen d'entrée des autres sections.

— Mais ça n'a pas d'importance. J'ai l'intention de devenir journaliste, alors autant que j'apprenne à écrire correctement, disait-il, pour être positif.

Junpei ne comprenait pas très bien ce qui avait pu l'intéresser chez Takatsuki. Lui-même était du style à s'enfermer chez lui dès qu'il avait un peu de temps libre, pour lire et écouter de la musique. Il ne s'en lassait jamais mais, en revanche, il n'était pas très fort en exercices physiques. Comme il était timide, il avait du mal à se faire des amis. Mais Takatsuki semblait avoir décidé de devenir ami avec Junpei au premier coup d'œil, dès la première fois qu'ils s'étaient retrouvés dans la même classe. Ce fut lui qui adressa la parole à Junpei, lui tapa légèrement sur l'épaule et lui proposa d'aller déjeuner avec lui. A partir de ce jour-là, ils devinrent les meilleurs amis du monde, prêts à tout comprendre et tout pardonner. En un mot, leur entente était parfaite.

Takatsuki était en compagnie de Junpei quand il aborda Sayoko, exactement de la même façon. Il tapa sur l'épaule de la jeune fille, lui proposa d'aller déjeuner avec lui et son ami. C'est ce qu'ils firent, et ils formèrent immédiatement un trio parfaitement intime. Ils ne se déplaçaient pas les uns sans les autres. Échangeaient leurs notes de cours, allaient manger ensemble au restaurant universitaire, parlaient du futur à la cafétéria entre les cours, trouvaient des jobs aux mêmes endroits, allaient voir des festivals de vieux films qui duraient toute la nuit, ou des concerts de rock, se promenaient sans but dans les rues de Tokyo, buvaient de la bière dans de grandes brasseries jusqu'à s'en rendre malades. Autrement dit, ils faisaient ce que font tous les étudiants du monde.

Sayoko était née à Asakusa, au cœur du vieux Tokyo, où son père était propriétaire d'une boutique d'accessoires japonais traditionnels. La famille de Sayoko tenait depuis plusieurs générations ce magasin à la réputation établie, qui était le fournisseur exclusif de célèbres acteurs de kabuki[1]. La jeune fille avait deux frères, l'un devait succéder à son père et reprendre le commerce familial, l'autre travaillait dans une agence d'architecte. Elle avait fait ses études au Lycée de filles oriental anglo-japonais avant d'entrer à la faculté de littérature de Waseda. Elle voulait se spécialiser en littérature anglaise et faire de la recherche plus tard. Elle adorait lire. Elle et Junpei échangeaient souvent des livres et parlaient avec passion de leurs lectures.

Sayoko avait de beaux cheveux et un regard intelli-

---

1. Théâtre traditionnel japonais. (*N.d.T.*)

gent. Elle parlait doucement mais franchement, et avait des opinions bien à elle, que sa bouche expressive exprimait avec éloquence. Elle s'habillait simplement, sans recherche, ne se maquillait pas, et n'était pas du genre à attirer l'attention par un aspect extérieur voyant, mais elle avait un sens de l'humour particulier et, quand elle faisait une plaisanterie, tout son visage se fronçait, dans une mimique qui plaisait beaucoup à Junpei. Il était persuadé que Sayoko était la femme dont il avait toujours rêvé. Il n'était jamais tombé amoureux avant de la rencontrer. (Il avait fréquenté un lycée de garçons, et n'avait guère eu d'occasions de rencontrer des filles.)

Cependant, il était incapable d'avouer ses sentiments à Sayoko. S'il en parlait ne serait-ce qu'une fois, il ne pourrait plus revenir en arrière. Et Sayoko se retirerait peut-être vers il ne savait quel lieu, hors de sa portée. Et même si ce n'était pas le cas, la relation agréable et équilibrée qui s'était instaurée entre lui, Takatsuki et Sayoko en souffrirait certainement. « On est bien comme ça pour l'instant, se disait Junpei. Attendons encore un peu. »

Il fut devancé par Takatsuki.

— Ça m'est pénible de te dire ça comme ça, lui annonça un jour ce dernier, mais je suis amoureux de Sayoko. J'espère que ça ne te dérange pas ?

On était à la mi-septembre. Junpei était retourné dans le Kansai pour les vacances d'été et, pendant ce temps, la relation de Takatsuki et Sayoko était devenue plus intime.

— Ça s'est fait par hasard, expliqua Takatsuki.

Junpei contempla un long moment le visage de son ami. Il lui fallut un certain temps pour saisir pleinement la situation, mais, une fois qu'il l'eut saisie, elle lui tomba dessus comme une lourde chape de plomb. Il n'avait plus le choix.

— Non, ça ne me dérange pas, répondit-il.

— J'aime mieux ça, dit Takatsuki avec un grand sourire. Tu comprends, je me faisais du souci à cause de toi, c'est vrai, on a formé une relation particulière tous les trois, ça me gênait, j'avais l'impression de t'avoir évincé. Mais tu dois comprendre une chose, Junpei, c'est que ça serait arrivé tôt ou tard. Même si ce n'était pas arrivé maintenant, fatalement, tôt ou tard... Mais bon, les choses étant ce qu'elles sont, ça ne doit pas nous empêcher de rester amis tous les trois, tu es bien d'accord ?

Junpei passa les quelques jours suivants dans une sorte de brouillard. Il n'alla pas aux cours, ne se rendit pas à son job d'appoint, sans donner de raison valable. Il resta allongé toute la journée, dans le petit studio où il vivait, ne mangea rien en dehors des quelques restes qu'il y avait dans le Frigidaire, but toute sa réserve d'alcool, par à-coups. Il pensa sérieusement à arrêter ses études. Il finirait sa vie en solitaire, dans une ville lointaine où il ne connaissait personne, et ferait un travail manuel. Cela lui paraissait la vie la plus appropriée à son état d'esprit, désormais.

Ne le voyant pas revenir en classe, Sayoko alla lui rendre visite au bout de cinq jours. Elle portait un sweat-shirt bleu marine et un pantalon de coton blanc, et avait les cheveux attachés en queue de cheval.

— Pourquoi sèches-tu les cours ? Tout le monde se fait du souci pour toi, on se demande si tu n'es pas mort ! Kan m'a demandé d'aller aux nouvelles. Il ne tenait pas à être celui qui découvrirait ton cadavre, apparemment. C'est son côté un peu lâche, tu vois.

— J'étais souffrant, répondit Junpei.

— C'est vrai que tu as maigri, dit Sayoko en scrutant ses traits. Tu veux que je te prépare quelque chose à manger ?

Junpei secoua la tête.

— Je n'ai pas faim.

Sayoko ouvrit le réfrigérateur, grimaça en examinant l'intérieur. Il ne contenait que deux canettes de bière, un concombre tout flétri et une tablette de désodorisant. Sayoko s'assit à côté de Junpei.

— Dis, Junpei, je ne sais pas comment te dire ça, mais ce n'est pas à cause de Kan et moi que tu es fâché ?

— Je ne suis pas fâché, dit Junpei.

Et c'était vrai, il ne leur en voulait absolument pas. S'il en voulait à quelqu'un, c'était à lui-même. Il était plutôt normal que Takatsuki soit devenu l'amant de Sayoko. Ça paraissait naturel. Takatsuki était qualifié pour cela, et pas lui.

— Si on partageait une bière ? proposa Sayoko.

— D'accord.

Sayoko prit une canette dans le Frigidaire, versa le contenu dans deux verres, en tendit un à Junpei. Ils burent en silence.

— Écoute, je suis un peu gênée de te dire ça, mais je veux rester amie avec toi. Pas seulement maintenant, mais plus tard aussi, toujours. J'aime Kan, mais j'ai besoin de toi aussi dans ma vie, dans un sens différent. Tu me trouves égoïste ?

Junpei n'était pas très sûr, mais il secoua la tête pour dire non.

— Savoir quelque chose, et donner à ce quelque chose une forme tangible, c'est très différent, tu sais. Si on pouvait faire les deux aussi bien, la vie serait plus simple.

Junpei regardait le profil de Sayoko. Il ne comprenait absolument pas ce qu'elle essayait de lui dire. « Pourquoi mon cerveau est-il toujours aussi lent ? » se demanda-t-il. Il leva la tête et contempla longuement les taches du plafond, sans raison apparente.

S'il avait avoué son amour à Sayoko avant Takatsuki, comment la situation aurait-elle évolué ? Il n'en avait pas la moindre idée. Tout ce qu'il savait, c'est qu'il ne l'avait pas fait. Les choses ne s'étaient pas passées comme ça, c'était la seule vérité.

Il entendit des larmes tomber sur les nattes. Ça faisait un drôle de petit bruit sec. Il crut un instant que c'était lui qui pleurait sans s'en rendre compte, mais c'était Sayoko.

Elle avait baissé la tête entre ses genoux, et des sanglots silencieux secouaient ses épaules.

Presque inconsciemment, Junpei tendit la main et lui entoura les épaules. Puis il l'attira doucement contre lui. Elle ne résista pas. Il mit ses deux bras autour d'elle, posa ses lèvres sur les siennes. Elle ferma les yeux, entrouvrit la bouche. Junpei huma l'odeur de ses larmes, aspira son souffle. Il sentait la douceur de ses seins contre sa poitrine. Quelque chose bougea dans sa tête, un vaste mouvement se produisait comme si des choses changeaient de place, il entendait même un bruit, le craquement des jointures du monde. Mais cela s'arrêta là. Sayoko reprit ses esprits, baissa la tête et s'écarta de lui.

— Non, dit-elle tranquillement en secouant la tête. Ce n'est pas bien.

Junpei s'excusa. Sayoko ne répondit rien. Ils restèrent un long moment silencieux, côte à côte. Le vent qui pénétrait par la fenêtre ouverte apportait l'écho d'une radio qui diffusait une chanson à la mode. « Je suis sûr que je me rappellerai cette chanson toute ma vie », songea Junpei. Mais en fait, par la suite, il resta toujours incapable, en dépit de tous ses efforts, de se rappeler ne serait-ce que le titre de la chanson.

— Tu n'as pas à t'excuser. Ce n'est pas ta faute, dit Sayoko.

— Je crois que je ne sais plus où j'en suis, dit Junpei avec franchise.

Sayoko posa sa main sur la sienne.

— Dis, tu reviendras aux cours demain ? Tu sais, je n'ai jamais eu un ami comme toi, et tu m'apportes beaucoup, sache-le.

— Beaucoup, mais ça ne suffit pas, dit Junpei.

— Ce n'est pas vrai, dit Sayoko d'un ton résigné en baissant la tête, ce n'est pas vrai.

Junpei retourna en classe à partir du lendemain, et le trio reprit des relations amicales qui continuèrent jusqu'à la fin de leurs études. L'envie de s'en aller qui avait traversé l'esprit de Junpei s'était complètement évanouie, étrangement. Le fait de tenir Sayoko dans ses bras un moment et de poser ses lèvres sur les siennes avait calmé quelque chose à l'intérieur de lui, tout remis en place. « En tout cas, je n'ai plus de raison d'hésiter », se disait-il. Maintenant, la décision avait été prise, même si c'était par un autre que lui.

Sayoko lui présentait parfois des amies de lycée à elle, et ils sortaient tous les quatre, Takatsuki, Junpei, Sayoko, et une de ses anciennes amies. Junpei eut une relation plus poussée avec une d'entre elles, ce fut la première fille avec qui il coucha. C'était peu avant son vingtième anniversaire. Pourtant, son cœur était toujours ailleurs. Il était toujours courtois, tendre et gentil avec sa petite amie, mais ne se montrait jamais passionné ou totalement aux petits soins avec elle. C'était seulement quand il écrivait des romans seul dans son coin qu'il éprouvait de la passion ou de la dévotion. Sa petite amie ne tarda pas à aller chercher ailleurs une véritable chaleur et le quitta. La même chose se reproduisit avec d'autres filles.

Quand Junpei acheva ses études, ses parents découvrirent qu'il avait un diplôme de littérature et non de commerce, et ses relations avec eux devinrent difficiles. Son père souhaitait qu'il rentre dans le Kansai pour prendre sa suite à la tête du commerce familial, mais Junpei n'en avait pas l'intention. Il répondit qu'il voulait rester à Tokyo et écrire des romans. Ses parents refusèrent tout compromis et une violente dispute s'ensuivit. Des mots qui n'auraient pas dû être prononcés franchirent les lèvres des uns et des autres. Depuis, Junpei n'avait pas revu ses parents. C'était normal que les choses ne se passent pas bien, se disait Junpei. A la différence de sa sœur qui s'était toujours bien entendue avec ses parents, lui n'avait fait que se heurter à eux et à leurs opinions, depuis sa petite enfance. « La rupture est donc consommée », se disait Junpei avec un sourire amer. Tout à fait le genre de conflit qu'avaient les écrivains des années vingt avec leurs parents à l'éducation rigide et confucéenne.

Junpei ne chercha pas d'emploi fixe mais se consacra à l'écriture, tout en faisant de petits jobs alimentaires. A cette époque, dès qu'il avait fini d'écrire quelque chose, il s'empressait de le faire lire à Sayoko, pour lui demander son opinion sincère. Ensuite, il corrigeait son texte en tenant compte de ses remarques, le réécrivait patiemment et soigneusement, jusqu'à ce qu'elle lui donne enfin un avis favorable. Il n'avait aucun autre conseiller en littérature, ne fréquentait pas d'autres jeunes gens écrivant comme lui. L'avis de Sayoko était la seule lumière ténue qui le guidait.

A vingt-quatre ans, il écrivit une nouvelle qui remporta le prix des nouveaux écrivains décerné par un magazine littéraire, et fut nominé pour le prix Akutagawa. Dans les cinq années suivantes, des œuvres de Junpei furent quatre fois présentées pour ce prix littéraire, le plus célèbre du Japon. Il obtenait toujours des notes élevées mais jamais le prix, devenant ainsi l'éternel candidat prometteur mais malchanceux. Les remarques étaient toujours du même ordre : « Une œuvre d'une qualité littéraire étonnante pour un si jeune candidat. Un sens de la description remarquable, et une grande finesse dans l'analyse psychologique des personnages. On note cependant une tendance à la sentimentalité et un manque de fraîcheur novatrice ainsi que de véritable perspective littéraire. »

Ces critiques faisaient rire Takatsuki.

— Ils sont tous à côté de la plaque, ces types, disait-il. Une véritable perspective littéraire ! Qu'est-ce que ça veut dire, au juste ? Les gens normaux n'utilisent pas ce genre de vocabulaire. Est-ce qu'on dit : le ragoût de ce soir manque de véritable perspective bovine ?

A trente ans, Junpei avait déjà publié deux recueils de nouvelles. Le premier s'appelait *Chevaux sous la pluie*, le second *Raisin*. Le premier se vendit à dix mille exemplaires, le second à douze mille, ce qui, d'après son éditeur, n'était pas mal pour un jeune écrivain de nouvelles, d'autant que ce n'était pas de la littérature populaire, mais de la littérature du niveau le plus pur. Les critiques de la presse étaient plutôt favorables à Junpei, sans aller toutefois jusqu'à suivre et soutenir avec passion le parcours de ce jeune écrivain.

Les nouvelles de Junpei racontaient généralement l'histoire de jeunes hommes et femmes plongés dans les affres de passions amoureuses sans espoir. La conclusion était toujours sombre, et quelque peu sentimentale. C'était bien écrit, tout le monde s'accordait à le dire. Mais, sans doute aucun, son style un tantinet lyrique, ses intrigues vieillottes, étaient trop éloignés des tendances littéraires du moment. Les lecteurs de sa génération réclamaient des histoires et un style plus puissants, plus inventifs. C'était l'époque des jeux vidéo et du rap, après tout. L'éditeur de Junpei l'encouragea à écrire un roman. S'il continuait à n'écrire que des nouvelles, il utiliserait sans fin les mêmes matériaux, et son monde fictif finirait par s'appauvrir de toute façon, lui dit-il. Dans de nombreux cas, écrire un roman ouvrait de nouvelles perspectives à un auteur. Et même d'un point de vue purement pratique, les romans attiraient davantage l'attention du public que les nouvelles. S'il avait l'intention de vivre de l'écriture, se spécialiser dans la nouvelle ne lui faciliterait pas les choses.

Junpei, cependant, était né pour écrire des nouvelles. Il s'enfermait dans sa chambre et écrivait le premier jet d'une nouvelle en trois jours, dans la solitude complète, le souffle tendu, abandonnant toute préoccupation autre que l'écriture. Quatre jours de plus, et il avait un manuscrit achevé. Ensuite, naturellement, après avoir fait lire le texte à Sayoko et à son éditeur, il se livrait à quelques corrections et remaniements de détail. Mais fondamentalement, la bataille était gagnée pendant cette première semaine de travail. Tous les éléments importants étaient intégrés, décidés. Cette façon de travailler s'accordait bien avec la personnalité de Junpei. Une concentration intense sur une brève période de temps. Des images et un langage condensés. Mais quand il s'essaya à écrire un roman, il se retrouva en pleine confusion. Comment parvenir à maintenir et à contrôler sa concentration mentale pendant plusieurs mois de suite, une année peut-être ? Il n'arrivait pas à trouver son rythme.

Après avoir tenté plusieurs fois d'écrire un roman, et avoir immanquablement échoué, il finit par renoncer. Que cela lui plaise ou non, la seule voie pour lui était d'écrire des nouvelles. C'était son style. Il ne pourrait changer de personnalité, en dépit de tous ses efforts. Un second, si doué soit-il, n'avait pas l'étoffe d'un capitaine.

La vie toute simple de célibataire que menait Junpei entraînait peu de frais. Dès que ses revenus couvraient le minimum nécessaire, il cessait d'accepter du travail. Il n'avait qu'un paisible matou à nourrir. Il dénichait toujours des petites amies peu exigeantes, et, quand il se lassait d'elles, trouvait un prétexte pour les quitter. Parfois, une fois par semaine environ, il se réveillait à des heures étranges en pleine nuit, en proie à de terribles angoisses. Il ressentait avec acuité que quels que soient les efforts qu'il fournirait, il n'arriverait jamais nulle part. Dans ces cas-là, il se forçait à s'asseoir devant sa table et à se remettre au travail, ou alors se mettait à boire jusqu'à ne plus tenir debout. En dehors de ces crises, il menait une vie paisible, sans accroc.

Takatsuki, de son côté, avait trouvé un poste dans un grand quotidien national, selon ses vœux. Comme il n'avait pas beaucoup travaillé à l'université, ses notes n'étaient pas spécialement brillantes, mais il avait fait excellente impression lors de l'interview d'embauche et avait été engagé en un rien de temps. Sayoko, quant à elle, préparait son doctorat de lettres, comme elle l'avait souhaité. Six mois après la fin de ses études, elle épousa Takatsuki. Le mariage donna lieu à une fête très animée, bien en accord avec la personnalité de Takatsuki. Les jeunes mariés allèrent en France pour leur voyage de noces. Leur vie démarrait avec le vent en poupe. Ils achetèrent un appartement de deux pièces dans le quartier de Kôenji. Deux ou trois fois par semaine, Junpei passait les voir et dînait avec eux. Takatsuki et Sayoko avaient toujours l'air sincèrement ravis de le voir. Ils se sentaient presque plus décontractés avec Junpei à leurs côtés que dans leur intimité de couple.

Takatsuki aimait son métier de journaliste. Il travailla d'abord pour la rubrique « faits divers » : on l'envoyait ici et là en reportage, et il eut maintes fois l'occasion de voir des cadavres.

— Heureusement, disait-il, je me suis vite habitué, la vue d'un mort ne me fait plus rien. J'en ai vu de toutes les sortes : des cadavres écrabouillés par des trains, des cadavres calcinés par les flammes, de vieux cadavres putréfiés et verdâtres, des cadavres enflés de noyés, des cadavres à la cervelle éclatée d'hommes tués par balle, des cadavres en morceaux, aux membres et à la tête séparés du corps. Tant qu'on est vivant, on est tous différents, mais une fois mort, tout le monde se ressemble. Juste une coquille vide devenue inutile.

Parfois, il était si occupé par son travail qu'il ne rentrait à la maison qu'au petit matin. Dans ces cas-là, Sayoko appelait souvent Junpei. Elle savait très bien qu'il ne se couchait jamais avant l'aube.

— Je peux te parler ? Tu es en train de travailler ?

— Non, non, je ne fais rien de particulier.

Ils parlaient des livres qu'ils avaient lus récemment, de ce qui se passait dans leur vie quotidienne. Ils parlaient aussi du passé. Des événements de leur jeunesse, d'une époque où ils étaient tous les trois libres, indomptables et spontanés. Ils n'évoquaient pratiquement jamais le futur. Au cours de ces conversations, Junpei finissait toujours, à un moment donné, par repenser au jour où il avait pris Sayoko dans ses bras. La douceur de ses lèvres, l'odeur de ses larmes, le contact de ses

141

seins contre sa poitrine, tout cela lui paraissait aussi proche que si cela venait d'arriver à l'instant. Il revoyait tous les détails avec netteté, jusqu'à la lumière transparente du début d'automne, sur les nattes de son studio.

Sayoko venait d'avoir trente ans quand elle tomba enceinte. Elle était alors assistante en faculté, mais elle prit un congé et mit au monde une petite fille. La mère, le père et Junpei réfléchirent ensemble au prénom à donner au bébé, ce fut celui suggéré par Junpei, Sara, qui fut choisi.

— Ça sonne joliment, dit Sayoko.

L'accouchement se déroula sans difficulté et, cette nuit-là, Takatsuki et Junpei se retrouvèrent seuls sans Sayoko pour la première fois depuis longtemps, dans l'appartement du couple. Attablés face à face dans la cuisine, ils vidèrent ensemble la bouteille de whisky que Junpei avait apportée pour fêter l'événement.

— Pourquoi le temps passe-t-il aussi vite ? demanda Takatsuki avec une gravité qui ne lui ressemblait guère. Il me semble que je viens tout juste d'entrer à l'université, de te rencontrer, et de rencontrer Sayoko... Mais, en même temps, je sais que je suis devenu père. Ça me fait un drôle d'effet, comme si je regardais un film en accéléré. Toi, tu dois avoir du mal à comprendre ça. Tu vis toujours comme un étudiant... Je t'envierais presque, tiens.

— Il n'y a vraiment pas de quoi m'envier, tu sais.

Cependant, Junpei comprenait très bien ce que ressentait Takatsuki. Sayoko était maman, maintenant. Cette réalité représentait un choc pour Junpei aussi. Les roues de la vie avançaient sans un instant de répit, avec un grincement sec, et une chose était certaine : elles ne reviendraient pas en arrière. En revanche, il ne savait pas très bien comment réagir face à cet événement.

— Tu sais, je peux te le dire maintenant, mais je pense que Sayoko était plus amoureuse de toi que de moi au départ, dit Takatsuki.

Il était passablement ivre, mais son regard était plus grave que d'ordinaire.

— Je n'y crois pas ! dit Junpei en riant.

— Eh bien, tu as tort. Moi, je le sais. Tu ne savais pas, c'est tout. Tu peux écrire de belles phrases élégantes, c'est sûr, mais pour ce qui est de comprendre ce que ressent une femme, tu es plus insensible qu'un noyé. Mais moi, je l'aimais, Sayoko, aucune femme ne pouvait la remplacer pour moi. Alors, il fallait que je l'aie. Même maintenant, je pense que c'est la femme la plus merveilleuse qui soit au monde. Et je pense que j'avais le droit qu'elle soit à moi.

— Personne ne dit le contraire, dit Junpei.

Takatsuki hocha la tête.

— Mais tu n'as toujours pas compris, dit-il. Parce que tu es d'une bêtise irrécupérable. Enfin, peu importe que tu sois bête. Tu n'es pas un mauvais bougre. D'abord, c'est toi qui as choisi le prénom de ma fille, tu es son parrain, quoi.

— Bon, d'accord, mais je ne comprends rien aux choses importantes, c'est ça ?

— Exactement. Tu ne comprends rien aux choses importantes, voilà. Rien du tout. Et pourtant, tu arrives à écrire, je me demande bien comment tu fais.

— L'écriture, ce n'est pas la vie, voilà pourquoi.

— Enfin, quoi qu'il en soit, on est quatre maintenant, dit Takatsuki en poussant un léger soupir. Mais je me demande... Tu crois que c'est un bon chiffre, quatre ?

2

Sara allait sur ses deux ans, quand les relations de Sayoko et Takatsuki se détériorèrent au point que la rupture devint inévitable. Junpei l'apprit de la bouche même de Sayoko, qui lui avoua la situation en s'excusant presque. Takatsuki avait une maîtresse, expliqua-t-elle, et ne rentrait presque plus à la maison. L'histoire datait de la grossesse de Sayoko, il s'agissait d'une des collègues de Takatsuki, au journal. Cependant, Sayoko eut beau lui expliquer les faits le plus concrètement possible, Junpei ne parvenait pas à les assimiler. Quel besoin Takatsuki avait-il d'une maîtresse ? N'avait-il pas affirmé la nuit même de la naissance de Sara que Sayoko était la femme la plus merveilleuse du monde ? Ces mots paraissaient venir du fond de son cœur. Et puis, Takatsuki adorait sa fille. Pourquoi fallait-il qu'il laisse tomber sa famille ?

— Écoute, je suis souvent venu dîner chez vous, non ? Je n'ai jamais eu l'impression de la moindre discorde entre vous. Vous aviez l'air heureux ensemble, et, à mes yeux, vous étiez presque le couple parfait.

— C'est vrai, dit Sayoko en souriant paisiblement. On ne s'est jamais menti, on n'a jamais joué la comédie. Mais ça n'a rien à voir. Kan a une maîtresse, et on ne peut plus revenir en arrière. Voilà pourquoi on envisage de se séparer. Mais ne t'inquiète pas trop pour nous. Je suis sûre que tout ira mieux entre nous comme ça. Dans de nombreux sens.

Dans de nombreux sens, avait-elle dit. Décidément, le monde était plein de mots difficiles à comprendre, pensa Junpei.

Quelques mois plus tard, Sayoko et Takatsuki divorçaient officiellement. Ils durent se mettre d'accord sur de nombreux points concrets, mais aucune dissension ne s'éleva entre eux. Aucun reproche ne fut échangé, il n'y eut aucune divergence d'avis. Takatsuki quitta la maison pour aller vivre avec sa petite amie, Sara resta vivre avec sa mère. Takatsuki venait une fois par semaine à Kôenji rendre visite à sa fille. Ils tombèrent d'accord sur le fait que la présence de Junpei à ces moments-là était préférable, dans la mesure où il pouvait venir.

— Ça nous rend les choses plus faciles, expliqua Sayoko à Junpei.

— Plus faciles ? répéta Junpei.

Il se sentit soudain terriblement vieux. « Pourtant, je viens tout juste d'avoir trente-trois ans », songea-t-il.

Sara appelait Takatsuki « papa » et Junpei « Jun ». Tous quatre formaient une étrange famille factice. Quand il venait voir sa fille, Takatsuki avait son ton joyeux habituel, et Sayoko se comportait avec naturel, comme si de rien n'était. Il semblait même qu'elle se comportait plus naturellement maintenant qu'avant. Sara ne comprenait pas encore que ses parents étaient divorcés. Junpei ne faisait aucun commentaire, jouait le rôle qui lui était imparti sans se plaindre. Tous trois plaisantaient ensemble comme autrefois, évoquaient des souvenirs. La seule chose que Junpei comprenait était que ces retrouvailles leur étaient nécessaires à tous trois.

— Dis, Junpei, fit un jour Takatsuki sur le chemin du retour après une visite à Kôenji.

C'était une nuit de lune, et leurs haleines blanches s'élevaient dans l'air froid.

— Tu as l'intention de te marier un jour ?

— Pas pour le moment, répondit Junpei.

— Tu n'as pas une petite amie avec qui tu l'envisages ?

— Je ne crois pas.

— Tu devrais épouser Sayoko, alors.

Junpei regarda Takatsuki comme s'il était ébloui.

— Pourquoi ? fit-il.

— Pourquoi ?!

C'était plutôt Takatsuki qui avait l'air surpris, maintenant.

— Mais c'est évident, voyons ! Pour commencer, parce que je ne veux pas qu'un autre homme que toi me remplace auprès de Sara.

— Tu voudrais que j'épouse Sayoko pour cette seule raison ?

Takatsuki poussa un soupir, passa son bras musclé autour des épaules de son ami.

— L'idée de te marier avec Sayoko ne te plaît pas ? Ou est-ce le fait de passer après moi ?

— Ce n'est pas ça le problème. Ce qui me gêne, c'est que tu sembles l'envisager comme une espèce de marché entre nous. C'est... c'est une question de décence.

— Il ne s'agit pas d'un marché, dit Takatsuki. Et je ne vois pas ce que la décence vient faire là-dedans. Tu aimes Sayoko, non ? Et tu aimes Sara aussi. Je me trompe ? Ce n'est pas le plus important ? Tu as sûrement tes propres idées un peu compliquées sur la question. Je comprends ça. Mais pour moi, tu as seulement l'air d'essayer d'enlever ton slip sans avoir enlevé ton pantalon avant, c'est tout.

Junpei ne répondit rien. Takatsuki se taisait, lui aussi. Il était inhabituel chez lui de garder le silence si longtemps. Côte à côte, soufflant une haleine blanche, ils continuèrent à marcher vers la gare en silence.

— De toute façon, tu n'es qu'un bon à rien et un idiot, finit par dire Junpei.

— Ça, tu peux le dire, répondit Takatsuki. Tu as entièrement raison. Je ne le nie pas. Je suis en train de ficher ma vie en l'air. Mais écoute, Junpei, personne n'y

146

pouvait rien. Personne ne pouvait empêcher ça d'arriver, ni arrêter les choses en route. Moi non plus, je ne sais pas pourquoi c'est arrivé. Et je ne peux pas le justifier non plus. Mais ça s'est passé, voilà. Et même si ce n'était pas arrivé maintenant, ce serait arrivé un jour ou l'autre.

Junpei eut l'impression d'avoir déjà entendu cette réplique quelque part.

— Tu te rappelles ce que tu m'as dit la nuit où Sara est née ? Que Sayoko était la femme la plus merveilleuse de la terre ? Tu t'en souviens ? Et que tu ne l'échangerais contre personne au monde ?

— C'est toujours vrai. Ça n'a pas changé. Mais il arrive parfois que les choses ne marchent pas justement pour cette raison.

— Je ne comprends pas ce que tu veux dire.

— Et tu ne comprendras jamais, dit Takatsuki, puis il secoua la tête.

Il s'arrangeait toujours pour avoir le dernier mot.

Deux années s'étaient écoulées depuis le divorce. Sayoko n'avait pas repris son travail à l'université. Junpei l'avait recommandée à un ami éditeur et elle faisait de la traduction. Elle s'en sortait très bien. Elle était non seulement douée pour les langues, mais elle avait du talent pour écrire. Elle travaillait rapidement de façon soignée, efficace. L'éditeur avait été si impressionné par la qualité de son travail que, le mois suivant son premier essai, il lui avait confié une œuvre littéraire substantielle à traduire. Ce n'était pas très bien payé, mais ajouté à la pension que Takatsuki lui versait chaque mois, ce revenu lui permettait de vivre confortablement avec sa fille.

Takatsuki, Sayoko et Junpei continuaient à se retrouver régulièrement chaque semaine, et dînaient ensemble avec Sara. Il arrivait parfois que Takatsuki, retenu par un reportage, ne puisse venir. Dans ces cas-là, Sayoko, Junpei et Sara dînaient tous les trois sans lui, et leur tablée tranquille ressemblait à la vie quotidienne d'un couple avec un enfant. N'importe qui ne les connaissant pas les aurait pris pour une famille ordinaire. Junpei continuait d'écrire des nouvelles à un rythme régulier, et son quatrième recueil, *Lune silencieuse*, paru alors qu'il avait trente-cinq ans, lui valut un prix littéraire réservé aux auteurs reconnus. La nouvelle de titre devint le sujet d'un film. Outre ses recueils de nouvelles, Junpei avait publié plusieurs ouvrages de critique musicale, un livre sur l'art des jardins, et traduit un recueil de nouvelles de John Updike. Tous ces livres furent bien accueillis par la critique. Il avait développé un style personnel qui lui permettait de transposer en phrases concises et convaincantes des nuances subtiles de lumière, des résonances musicales profondes. Il avait fini par s'attacher un lectorat fidèle, et ses revenus s'étaient eux aussi stabilisés. Peu à peu, il s'était assuré une position de véritable écrivain.

Il continuait à penser sérieusement à demander Sayoko en mariage. Parfois, il y réfléchissait toute la nuit, n'en dormant plus jusqu'au matin. Ça l'empêchait même de travailler. Mais il n'arrivait toujours pas à se décider. A la réflexion, depuis le début, ses relations avec Sayoko avaient toujours été déterminées par quelqu'un d'autre. Il avait toujours été dans une position passive. C'était Takatsuki qui les avait fait se rencontrer, lui qui les avait choisis dans la classe et avait fondé leur inséparable trio. Ensuite, c'était lui qui l'avait épousée, qui lui avait fait un enfant, puis l'avait quittée. Et maintenant c'était lui encore qui pressait Junpei de se marier avec elle. Bien sûr, Junpei aimait Sayoko, il n'y avait pas le moindre doute là-dessus. Et c'était l'occasion idéale pour s'unir enfin avec elle. Elle ne repousserait sans doute pas sa proposition. Cela aussi, il le savait. Mais tout lui paraissait un peu trop parfait. Où était sa propre force de décision dans tout cela ? Il continuait à hésiter, sans aboutir à la moindre conclusion. C'est alors que le tremblement de terre survint.

Junpei se trouvait en Espagne à ce moment-là. Il faisait un reportage à Barcelone pour le compte du magazine de bord d'une compagnie d'aviation. Un soir, en
rentrant à l'hôtel, il alluma la télévision pour regarder
les informations : il vit des images de fumée noire s'éle-
vant au-dessus de rues en ruine, on aurait dit une ville
détruite par une attaque aérienne. Comme le commentaire était en espagnol, Junpei ne comprit pas tout de
suite de quel endroit il s'agissait. Cependant il reconnut
vite Kobe. Aucun doute : c'était bien les paysages de
son enfance. L'autoroute qui traversait Ashiya s'était
complètement effondrée.

— Vous êtes bien originaire de Kobe, non ?
demanda le photographe qui l'accompagnait.

— Oui.

Mais il n'essaya pas pour autant de téléphoner chez
ses parents. Leur mésentente était trop profonde, durait
depuis trop longtemps pour qu'il y ait la moindre possibilité de réparation. Junpei reprit l'avion, rentra à
Tokyo, retourna à sa vie habituelle. Il n'alluma plus la
télévision, ne lut pas les journaux. Quand on parlait du
tremblement de terre, il se taisait. C'était l'écho d'un
passé qu'il avait enterré il y avait trop longtemps. Il
n'avait même pas remis les pieds dans cette ville depuis
sa sortie de l'université. Pourtant, les scènes de dévasta-
tion entrevues sur l'écran de la télévision espagnole
avaient ravivé une blessure profondément enfouie en
lui. Cette catastrophe d'une ampleur inégalée, qui avait
fait de nombreuses victimes, semblait avoir transformé
tous les aspects de sa vie, sans bruit, mais de fond en
comble. Junpei ressentait une profonde solitude, inconnue jusqu'alors. « Je n'ai pas de racines, se disait-il. Je
ne suis relié à rien. »

Très tôt, ce dimanche matin où ils devaient se rendre
tous ensemble au zoo, Junpei reçut un coup de téléphone de Takatsuki.

— Je dois prendre l'avion pour Okinawa, expliqua

ce dernier. J'ai obtenu un entretien seul à seul avec le préfet. Une interview d'une heure entière. Je suis désolé, mais vous irez au zoo sans moi. Le gros nounours ne m'en voudra pas, j'espère.

Junpei se rendit donc au zoo d'Ueno en compagnie de Sayoko et Sara. Il prit la fillette dans ses bras pour lui montrer les ours.

— C'est lui, Masakichi ? demanda-t-elle en pointant le doigt vers le plus gros et le plus noir des ours.

— Non, ce n'est pas lui, Masakichi est plus petit, et il a l'air plus intelligent. Non, lui, c'est Tonkichi, la grosse brute.

— Tonkichi ! appela plusieurs fois Sara en direction de l'ours, qui ne lui prêta aucune attention.

Sara se tourna vers Junpei.

— Dis, Jun, tu me racontes l'histoire de Tonkichi ?

— Ah, écoute, je suis embêté, je ne connais pas d'histoires très amusantes sur Tonkichi. Il n'est pas comme Masakichi, tu vois, c'est un ours tout ce qu'il y a d'ordinaire. Il ne sait ni parler ni compter, lui.

— Mais il doit bien y avoir au moins une chose intéressante sur lui. Juste une.

— Oui, tu as raison. Même l'ours le plus ordinaire a au moins une chose intéressante. C'est vrai. J'avais oublié ça. Eh bien, Tonchiki, tu vois...

— Tonkichi, corrigea Sara non sans impatience.

— Pardon. Tonkichi, donc, tout ce qu'il sait faire, c'est attraper des saumons. Quand il vivait dans la nature, il se cachait derrière un rocher dans la rivière, et il attrapait les saumons au passage. Il faut être très rapide pour faire ça. Tonkichi n'était pas un ours très intelligent, mais il pouvait attraper plus de saumons que n'importe quel autre ours de ces montagnes. Mais comme il ne parlait pas le langage des humains, il ne pouvait pas aller vendre son surplus de saumons au marché.

— Pourtant, c'est facile, dit Sara. Il n'a qu'à échanger les saumons qu'il a en trop contre du miel de Masakichi. Masakichi, il a tellement de miel qu'il ne peut pas tout le manger, non ?

— Exactement. Tu as tout à fait raison, et d'ailleurs Tonkichi a eu la même idée que toi. Il a échangé son saumon contre le miel de Masakichi, et ça leur a permis à tous les deux de mieux se connaître. Tonkichi s'est aperçu que Masakichi n'était pas un ours aussi prétentieux qu'il le croyait, et Masakichi s'est aperçu que Tonkichi n'était pas juste une grosse brute. Et ils sont devenus amis. Ils se voyaient souvent, parlaient de tout un tas de choses. Ils échangeaient leurs connaissances, se racontaient des blagues. Tonkichi mettait toute son énergie à attraper des saumons, et Masakichi mettait toute son énergie à cueillir du miel. Mais un beau jour, comme un coup de tonnerre dans un ciel serein, les saumons ont disparu de la rivière.

— Un coup de tonnerre... ?

— ... dans un ciel serein. Ça veut dire, tout d'un coup, expliqua Sayoko.

— Tout d'un coup, les saumons ont disparu, dit Sara d'un air abattu. Mais pourquoi ?

— Tous les saumons du monde ont organisé une grande réunion pour discuter, et ils ont décidé de ne plus aller dans cette rivière. Parce que dans cette rivière il y avait un ours trop habile à les attraper. A partir de ce moment-là, Tonkichi ne prit plus jamais un seul saumon. De temps en temps, il arrivait bien à attraper une petite grenouille maigrichonne pour se nourrir, mais s'il existe quelque chose de mauvais à manger, c'est bien une grenouille toute maigre.

— Pauvre Tonkichi ! dit Sara.

— C'est pour ça qu'on l'a envoyé au zoo finalement ? demanda Sayoko.

— Ça, c'est encore une longue histoire, dit Junpei.

Il toussota et reprit :

— Mais enfin, fondamentalement, oui, c'est ça.

— Et Masakichi, il n'a pas aidé Tonkichi ? demanda Sara.

— Si, bien sûr, il a essayé de l'aider. C'était son meilleur ami, après tout. C'est fait pour ça, les amis. Il a partagé son miel avec lui gratuitement. Mais Tonkichi a dit : « Non, je ne peux pas te laisser faire ça, j'aurais l'impression de profiter de ta gentillesse. » Masakichi lui a répondu : « Ne parle pas comme si nous étions des étrangers l'un pour l'autre, Tonkichi. Si c'était moi qui étais à ta place, je suis sûr que tu agirais comme moi. » Non ?

— Évidemment, dit Sara en hochant vigoureusement la tête.

— Mais leurs relations n'en sont pas restées là très longtemps, intervint Sayoko.

— Exactement, reprit Junpei. « Toi et moi, dit Tonkichi, nous sommes censés être des amis. Ce n'est pas juste que l'un ne fasse que donner et que l'autre ne fasse que prendre. Ce n'est pas ça, la véritable amitié. Alors, écoute, Masakichi, je vais descendre de la montagne, et aller tenter ma chance ailleurs. Et si nous nous rencontrons à nouveau, toi et moi, tu redeviendras mon meilleur ami. » Là-dessus, tous deux se serrèrent la main et se séparèrent. Mais quand Tonkichi descendit de la montagne, il se fit aussitôt prendre au piège par un chasseur. C'est que Tonkichi ne connaissait pas bien le monde, il ne s'était pas méfié. Il perdit donc sa liberté et fut expédié au zoo.

— Le pauvre !

— Tu aurais pu trouver une fin plus gaie. Dans le genre « ils se retrouvèrent et vécurent heureux ensemble pour toujours », dit Sayoko à Junpei un peu plus tard.

— Je n'ai pas trouvé d'autre idée pour la fin, répondit Junpei.

Ce soir-là, Sayoko, Junpei et Sara dînèrent ensemble tous les trois, comme d'habitude, dans le petit appartement de Sayoko.

Sayoko fit cuire des pâtes et décongela de la sauce

tomate en fredonnant *La Truite* de Schubert pendant que Junpei préparait une salade de haricots verts et d'oignons. Ils ouvrirent une bouteille de vin rouge et en burent un verre chacun, tandis que Sara buvait du jus d'orange. Plus tard, après avoir rangé la vaisselle, Junpei lut une histoire à Sara dans un livre d'images. Une fois le livre fini, ce fut l'heure de dormir. Mais Sara refusait d'aller se coucher.

— Dis, maman, fais le jeu du soutien-gorge, demanda-t-elle.

Sayoko devint toute rouge.

— Pas question, je ne peux pas le faire devant un invité, Sara.

— Mais ce n'est pas un invité, c'est Jun.

— De quoi s'agit-il ? demanda Junpei.

— Oh, juste un jeu idiot, dit Sayoko.

— Maman doit dégrafer son soutien-gorge sous ses vêtements, le poser sur la table, et le remettre, en gardant une main sur la table. Elle n'a pas le droit de bouger cette main, sinon elle a perdu. Et puis on compte combien de temps elle met. Elle est très forte, maman, tu sais.

— Allez, ça suffit avec ça, dit Sayoko en secouant la tête, c'est un petit jeu entre nous, à la maison. Ça me gêne de le faire devant quelqu'un.

— Ça a l'air amusant, pourtant, dit Junpei.

— Allez, s'il te plaît, maman ! Montre-le à Jun. Juste une fois, s'il te plaît. Je te promets d'aller dormir après.

— Bah, tant pis, dit Sayoko.

Elle ôta sa montre numérique et la tendit à Sara.

— Après, tu dors, hein, promis ? Allez, je compte jusqu'à trois et je commence. Tu regardes bien la montre, hein ?

Sayoko portait un grand pull noir à col ras du cou. Elle posa les deux mains sur la table, dit : « Un, deux, trois ! », puis sa main droite remonta dans la manche de son pull comme une tortue qui rentre la tête. Ensuite, elle parut se gratter légèrement le dos, puis elle ressortit la main droite, la posa sur la table et ce fut au tour de la gauche de disparaître à l'intérieur du pull. Sayoko tourna légèrement la tête, et sa main gauche réapparut, tenant un petit soutien-gorge blanc sans armatures. Elle avait été incroyablement rapide. Le soutien-gorge disparut aussitôt dans la manche, la main gauche ressortit, la droite se faufila dans une manche à son tour, le dos s'agita légèrement, la main droite ressortit, et Sayoko reposa les deux mains sur la table : c'était fini.

— Vingt-cinq secondes, annonça Sara. Maman, c'est formidable, tu as battu un nouveau record. Le plus rapide, c'était trente-six secondes.

Junpei applaudit.

— Magnifique ! Un vrai tour de magie !

Sara battit des mains. Sayoko se leva :

— Bon, allez, le spectacle est fini. Au dodo maintenant, comme promis.

Sara posa un baiser sur la joue de Junpei et alla se coucher.

Après avoir vérifié que la petite dormait paisiblement, Sayoko retourna s'asseoir sur le canapé du salon, et avoua à Junpei :

— En fait, tu sais, j'ai triché.

— Triché ?

— Oui, je n'ai pas remis mon soutien-gorge, je l'ai laissé tomber par terre derrière mon dos sous mon pull.

Junpei se mit à rire.

— Mère indigne, va !

— Je voulais battre un nouveau record, dit Sayoko en riant, les paupières plissées.

Cela faisait longtemps que Junpei ne l'avait pas vue rire de façon aussi spontanée. Junpei sentit l'axe du temps vaciller en lui, comme un rideau agité par la brise. Lorsqu'il tendit la main vers l'épaule de Sayoko, elle prit aussitôt cette main dans la sienne. Puis tous deux s'enlacèrent sur le canapé. Ils se serrèrent dans les bras l'un de l'autre comme si c'était tout naturel, leurs

154

lèvres se rencontrèrent. Rien n'avait changé depuis l'époque de leurs dix-neuf ans. Les lèvres de Sayoko avaient le même parfum sucré.

— Nous aurions dû être comme ça depuis le début, murmura Sayoko d'une toute petite voix une fois qu'ils furent dans la chambre. Mais tu étais le seul à ne pas le savoir. Tu n'avais rien compris. Jusqu'à ce que les saumons disparaissent de la rivière.

Tous deux se déshabillèrent, s'enlacèrent tendrement. Ils se touchaient maladroitement, comme deux adolescents faisant l'amour pour la première fois. Chacun vérifia ainsi longuement la présence de l'autre, puis Junpei pénétra Sayoko. Elle l'accueillit totalement en elle. Mais Junpei n'arrivait pas à croire à la réalité de ce qui se passait. Il avait l'impression de traverser un pont désert et infiniment long dans la pénombre. Sayoko réagissait à chacun de ses mouvements. Il fut plusieurs fois sur le point d'éjaculer mais se retint. Il craignait, s'il le faisait, de s'éveiller et de se rendre compte qu'il avait rêvé.

A ce moment, il entendit un léger grincement dans son dos : la porte de la chambre venait de s'ouvrir doucement. La lumière du couloir, pénétrant par la porte entrouverte, éclaira le désordre du lit. Junpei se redressa et se retourna : Sara était debout dans l'embrasure de la porte, le dos à la lumière. Sayoko retint son souffle, se dégagea de sous Junpei. Puis elle tira le couvre-lit jusqu'à sa poitrine, arrangea sa frange de la main.

Sara ne pleura pas, ne cria pas. Elle restait simplement debout là, immobile, serrant la poignée de la porte, les regardant fixement tous les deux. Mais en réalité, elle ne les voyait pas. Ses yeux fixaient simplement le vide.

— Sara, dit Sayoko.

— C'est le Bonhomme qui m'a dit de venir ici, dit Sara.

Elle parlait d'une voix atone, comme si elle venait d'être arrachée à un cauchemar.

— Le bonhomme ? fit Sayoko.

— Oui, le Bonhomme Tremblement de Terre. Il est venu me réveiller et il m'a dit : « Va dire à ta maman que j'ai soulevé les couvercles des boîtes pour tout le monde, et que j'attends. » Il m'a dit de te dire ça et que tu comprendrais.

Cette nuit-là, Sara dormit dans le lit de Sayoko. Junpei prit une couverture et alla s'étendre sur le canapé du salon. Mais il fut incapable de dormir. La télévision était posée juste en face de lui, et il regarda longuement, fixement, l'écran noir. *Ils* étaient derrière, il le savait. *Ils* avaient soulevé les couvercles des boîtes et *ils* attendaient. Un frisson glacé monta le long de son échine et ne le quitta plus jusqu'au matin.

Renonçant à dormir, il se rendit à la cuisine, se prépara du café. Tandis qu'il le buvait, assis devant la table, il sentit quelque chose de mou sous ses pieds : c'était le soutien-gorge de Sayoko. Il était resté là depuis le jeu. Junpei le ramassa, l'accrocha au dossier d'une chaise. C'était un soutien-gorge blanc tout simple sans le moindre bout de dentelle, un sous-vêtement qui avait perdu sa conscience de sous-vêtement. Ainsi accroché au dossier d'une chaise de cuisine, juste avant l'aube, il semblait être le témoin anonyme égaré d'une époque depuis longtemps révolue.

Junpei repensa à sa première année d'université. La voix chaude de Takatsuki, la première fois qu'il lui avait adressé la parole, résonna à son oreille :

— Tu viens déjeuner avec moi ?

Il avait un sourire amical, qui semblait dire : « La vie va être de plus en plus belle pour nous, tu vas voir. » « Où sommes-nous allés déjeuner ce jour-là ? se demanda Junpei. Qu'avons-nous mangé ? » Impossible de se souvenir. Ce n'était pas très important, c'est sûr, mais tout de même...

— Pourquoi m'as-tu proposé de déjeuner avec toi ? avait demandé Junpei ce jour-là à son nouvel ami.

Takatsuki avait souri, posé un doigt sur sa tempe et pris un air très sûr de lui pour répondre :

— Parce que j'ai le don de rencontrer les amis qu'il me faut, toujours et en tous lieux.

Takatsuki avait raison, songea Junpei, sa tasse de café posée devant lui. Certainement, il avait le don de rencontrer les bons amis. Mais ce n'était pas suffisant. Trouver la bonne personne que l'on pourrait continuer à aimer sur le long parcours de la vie, c'était une autre affaire. Junpei ferma les yeux et pensa au long ruban de temps qui s'était déjà déroulé en lui. Il ne voulait pas croire qu'il était passé en vain, pour rien. Il se dit qu'il demanderait Sayoko en mariage à l'aube, dès qu'elle se réveillerait. Maintenant, il était décidé. Il n'avait plus aucune hésitation. Il ne pouvait pas gâcher une heure de plus de sa vie. Attentif à ne pas faire de bruit, il entrouvrit la porte de la chambre pour regarder dormir Sayoko et Sara, enveloppées dans les couvertures. Sara tournait le dos à sa mère, qui avait posé une main sur son épaule. Junpei effleura du bout des doigts les cheveux de Sayoko répandus sur l'oreiller, puis les petites joues roses de Sara. Aucune des deux ne bougea. Junpei s'assit sur la descente de lit, s'adossa au mur et passa le reste de la nuit à veiller sur leur sommeil.

Tout en regardant avancer les aiguilles sur l'horloge murale, il réfléchit à la suite de l'histoire qu'il raconterait à Sara. Tout d'abord, il fallait qu'il trouve une fin convenable. Tonkichi ne pouvait pas être envoyé au zoo sans avoir rien fait. Il fallait trouver un moyen de le sauver de ce sort. Junpei remonta le cours de toute l'histoire depuis le début. Ce faisant, de vagues idées germèrent dans sa tête, prenant peu à peu une forme concrète.

« Tonkichi eut l'idée de faire des galettes au miel avec tout le miel ramassé par Masakichi. Après s'être un peu entraîné, il comprit qu'il était doué pour faire de délicieuses galettes croustillantes. Masakichi les emporta à la ville, pour les vendre aux humains. Les galettes au miel de Tonkichi plaisaient à tout le monde et se vendaient comme des petits pains. Alors, Masakichi et Tonkichi ne se quittèrent plus jamais, et vécurent toujours heureux dans les montagnes en étant les meilleurs amis du monde. »

Sara aimerait certainement cette nouvelle fin. Et Sayoko aussi, sans doute.

« Maintenant, je vais écrire des nouvelles d'un autre genre, songea Junpei. Je raconterai par exemple l'histoire d'un homme qui attend que la nuit s'achève, en rêvant avec impatience du moment où le jour va se lever et où il va pouvoir prendre dans ses bras les êtres qu'il aime, dans la lumière claire de l'aube. Mais pour le moment, je dois rester ici et veiller sur ces deux femmes. Quel que soit celui qui veut leur faire du mal, je ne le laisserai pas les enfermer dans ces absurdes boîtes. Même si le ciel nous tombe dessus, même si la Terre s'ouvre en deux dans un grondement. »

Table

Imprimé en France sur Presse Offset par

BRODARD & TAUPIN

GROUPE CPI

La Flèche (Sarthe), 11981
N° d'édition : 3332
Dépôt légal : février 2002
Nouveau tirage : mars 2002